死体でも愛してる

大石 圭

角川ホラー文庫
22303

目次

夏の章

ヴィーナスたちの種蒔《ま》き

1

その午後、警視庁の刑事課に所属する長谷川英太郎《はせがわえいたろう》は、都内にある警察署の四階、署内に二部屋ある取調室のひとつにいた。取調官として容疑者の男と向き合っていた。畳に換算すれば十二畳ほどの取調室は、明るくて清潔だった。けれど、スチール製の飾り気のないテーブルがひとつと、質素な三脚の椅子、それに録音・録画の機材が置かれているだけで、どことなく殺風景で無機質な感じだった。

警察署のすぐ隣には広々とした市民公園があって、そこでは真夏の太陽に照らされた無数の木々が緑の枝を広げていた。けれど、いくつかある小さな窓にはどれも曇りガラスが嵌《は》められていたから、その窓を開けない限り公園の光景を見ることはできなかった。

数年前から英太郎の署でも取り調べの様子の一部始終を、文章だけでなく、音声入りの動画として記録するようになっていた。そんなわけで、この取調室にも集音マイクと、ビデオカメラが設置されていて、取調官と容疑者の様子を記録し続けていた。

録音・録画の機材が完備された今も、取調官である英太郎の右側には部下の白井《しらい》亮太《りょうた》が補佐官として座っていて、英太郎と容疑者とのやり取りをパソコンに打ち込んでいた。

英太郎も白井亮太もシックなスーツを身につけていた。むさ苦しい男たちが多い刑事課では、英太郎と白井亮太は『お洒落《しゃれ》なデカ』だとされていた。英太郎のスーツはテーラーをしている父の手による完全オーダーメイドだった。

ここ数日と同じように、警察署の外には暴力的なまでの熱気が満ちていた。予報によれば、きょうの東京の最高気温は三十五度を超えるようだった。けれど、冷房の効いた取調室は涼しくて、空気が乾いていて快適だった。

椅子に姿勢よく座った英太郎は、テーブルを挟んだ向かいの椅子に腰掛けている容疑者をまじまじと見つめた。

メタルフレームの眼鏡をかけた容疑者の男は、白い木綿の半袖《はんそで》のボタンダウンシャツと、飾り気のない木綿のズボンという恰好《かっこう》をしている。ズボンには油絵具のものらしき小さな染みがいくつかある。

取調室に入ってからずっと、容疑者はその顔を俯《うつむ》かせている。温和で優しげで、なかなか上品な顔立ちの男で、男にしては髪が長く、肌の色が白く、ほっそりとした華奢《きゃしゃ》な体つきをしている。きっと力仕事などしたことがないのだろう。容疑者は女のように細くて美しい指の持ち主だった。

人を殺せるような人物には、とても見えないな。

容疑者を初めて見た時、英太郎はそう思った。そして、その思いは、こうして取調室で男と向き合っている今も続いている。

けれど、そうなのだ。その男は人殺しなのだ。温和で優しげで上品な顔をしたその男は、間もなく十七歳になるという実の娘の首を両手で絞めて殺害したのだ。

容疑者の名は下村秀一《しもむらしゆういち》。年は四十二歳。英太郎の手元にある書類によれば、下村秀一はプロの絵描きで、国立の美大の油絵科を卒業していた。下村はこれまでにいくつかの大きな展覧会で入選していて、その世界ではそれなりに名の知れた人物のようだった。

絵なんてものを描いて食べていけるやつが、本当にいるなんて驚きだな。

下村の職業が画家だと聞かされた時、英太郎はそんなことを考えた。

だが、そのようだった。下村秀一は絵を描く以外の職業に就いたことは一度もなく、美大を卒業してから逮捕されるまで、付き合いの長いひとりの画商を通して絵を売ることで生計を立てていたという。

下村は学生時代から、人物画を描くことを得意としていたようだった。これまで展覧会に出品した作品も、そのほとんどが女性を描いたものらしかった。だが、人物画以外の絵を描かないというわけではなく、客や画商からの注文があれば静物画でも風景画でも抽象画でも描いていたらしい。官能小説誌やエロ雑誌に猥褻《わいせつ》な表紙や挿絵も、たくさん描いていたということだった。

今からちょうど十年前の夏、三十二歳だった時に、下村は歯科衛生士だった同い年の妻を交通事故で亡くし、その後は夏来《なつき》という名のひとり娘を男手ひとつで育ててきたという。

下村を知る人たちによれば、下村と娘は稀《まれ》に見るほど仲のいい親子で、自宅近くのスーパーマーケットで楽しげに買い物をしている姿を多くの人が頻繁に目撃していた。娘の高校の友人たちも、彼女は父親ととても仲がよかったと証言していた。

その娘を殺害し、下村は自ら警察に『娘を殺《あや》めた』と通報をした。殺害から四日後の朝のことだった。

下村は自分にかけられている容疑のすべてを認めると言っているらしかったから、この取り調べは簡単に済むように思われた。

きょうここで英太郎が下村から聞き出すべきなのは、彼が実の娘を殺害しなくてはならなかった理由と、娘を殺してから警察に通報するまでに四日のタイムラグがあったわけぐらいのものだった。

2

大きくひとつ深呼吸をしてから、長谷川英太郎は娘殺しの容疑者、下村秀一を見つめた。男は今もまだその顔を俯かせていた。

「下村さん、それでは取り調べを始めます」

丁寧な口調で英太郎は容疑者に告げた。

同じ署に勤務する年上の刑事たちの多くは、容疑者を呼び捨てにし、彼らに対して極めて横柄な態度で接していた。殺人を犯したとされる容疑者に対しては特にそうだった。取調室で暴力を振るう警察官は、今はさすがにいなくなったようだが、ひどく高圧的な態度で尋問をする刑事は今も多かった。

けれど、英太郎は自分がそうならないように気をつけていた。容疑者の罪は今の段階ではまだ確定しているわけではないのだから、たとえ相手が凶悪な殺人犯であったとしても、連続強姦魔《ごうかんま》だったとしても、取調室での刑事はできるだけ真摯《しんし》な態度で彼らに接するべきだというのが英太郎の考え方だった。

「はい。刑事さん、よろしくお願いします」

俯かせていた顔をようやくあげた下村秀一が、虚《うつ》ろな目で英太郎を見つめ、小声で力なく答えた。その顔は道に迷った子供のように不安げで、ひどく頼りなげに見えた。

「まず、最初にお訊《き》きします。下村さん、あなたが実の娘である下村夏来さんの首を、その手で絞めて殺害したという事実に、間違いはありませんか？」

下村秀一の目を真っ直ぐに見つめたまま、落ち着いた口調で英太郎は尋ねた。英太郎の右隣では白井亮太が太くてごつい指を素早く動かして、その言葉をパソコンに記録していた。

「はい……間違いは……ありません」

やはり小声で、力なく下村が答えた。

「それはなぜですか、下村さん。あなたは娘の夏来さんのことが憎かったのですか？」

そう言うと、英太郎は容疑者の顔色の変化を少しでも見逃すまいと、その目をさらにまじまじと見つめた。

「憎い？　まさか。その逆です」

今度は少し声に力を込めて下村が答えた。「わたしは夏来が可愛かった。可愛くて、可愛くて、たまらなかったんです」

容疑者の口から出た言葉を理解しかねて、英太郎は部下の白井亮太の顔を見た。白井もまた英太郎のほうに不思議そうな視線を向けていた。

「下村さん、もう一度お訊きします。あなたは娘の夏来さんを愛していたんですか？」

容疑者の顔に視線を戻して英太郎は訊いた。

「そうです。わたしは夏来を愛していました。この世の誰よりも愛していました」

さらに力強く下村が答えた。

「下村さんのおっしゃっていることが、わたしにはよく理解できません。夏来さんをそれほど愛していたのに、あなたは殺したのですよね？　愛していたのに殺害した。それは、どうしてなのか、わたしたちにもわかるように説明してください」

容疑者の顔を見つめたまま、言葉を選ぶようにして英太郎は尋ねた。

「刑事さん、夏来のことをお話しする前に、あの……まず、あの子の母親であるわたしの妻、聡美《さとみ》について話をさせてください。そうしたほうが、たぶん、刑事さんにもわかりやすいと思うんです」

わずかに視線をさまよわせながら下村が言った。

「奥さんの話ですか。いいでしょう。それでは、下村さん、奥さんの話から始めてください」

英太郎の言葉に、容疑者の画家が小さく頷《うなず》いた。そして、優しげで上品な顔を少し俯かせ、時折、上目遣いに英太郎を見つめて、静かな口調で語り始めた。

3

聡美と知り合ったのは、わたしが美大の二年の時だった。毎週、水曜日には人物画のデッサンの授業があり、そのデッサンのモデルとして聡美がわたしたちの大学にやってきたのだ。

当時の聡美は歯科衛生士になることを目指して学校に通う傍ら、モデルクラブに所属し、イベントコンパニオンやナレーターコンパニオンなどのアルバイトをしていた。

聡美がモデルクラブに所属していたのは、『運がよければ芸能人になれるかもしれない』という考えからだったと、あとになってから聞いた。昔から『可愛い』『綺麗《きれい》だ』『スタイルがいい』と言われ続けて育ってきた聡美には、芸能界への仄《ほの》かな憧《あこが》れもあったようだった。

そのモデルクラブが美大の講師の依頼を受けて、聡美をデッサンのモデルとして派遣してきたのだ。

あれは初夏のことで、あの日、聡美もわたしも二十歳になったばかりだった。

白いノースリーブのワンピースを身につけた聡美が教室に姿を現した瞬間、そこにいた二十数人の美大生の口から「おおっ」というどよめきのような声が漏れた。「綺麗な子だな」「うん。ものすごい美人だ」「モデルみたいにスタイルがいいんだな」などという声もあちらこちらから聞こえた。男子学生だけでなく、女子学生も同じような言葉を口にしていた。

わたしもまた無意識のうちに、「綺麗だなあ」と呟《つぶや》いていた。テレビや映画を別にすれば、それほど美しくてスタイルのいい女性を目にしたのは初めてのような気がした。

きっと、ああいう女を絶世の美女というのだろう。聡美は顔が綺麗だっただけでなく、背が高くて、腕と脚が驚くほど長くて、ウェストが細くて、非の打ちどころがないという言葉がぴったりだった。

その後、彼女はわたしの恋人になったのだが、聡美と一緒に歩いていると、道行く人々の多くがわたしたちを振り向いたほどだった。

聡美は水曜日ごとに大学にやって来て、学生たちの前でデッサンのモデルを務めた。最初の日は丈の長いワンピース姿だったが、二度目の時は華奢《きゃしゃ》な体に張りつくようなミニ丈の黒いワンピースで、三度目の時は黒い半袖《はんそで》のカットソーにぴったりとしたジーンズという恰好《かっこう》だった。

聡美は本当にスタイルが良かったから、どんな服でもよく似合っていた。四度目にモデルを務めた時の聡美は、黒いビキニの水着を着ていた。その肉体のあまりの美しさに、わたしだけでなく、ほとんどすべての学生の目が釘付《くぎづ》けになった。

聡美は本当に美しい体をしていた。乳房は少し小さめだったけれど、それを別にすれば、彼女の体には削らなければならないところも、付け加えなければならないところもまったくなかった。

それはまさにヴィーナスがいるかのようだった。

大勢の人たちの目に水着姿をさらすことが、きっと恥ずかしかったのだろう。いつもは堂々とモデルを務めていた聡美だったが、ビキニ姿のあの日だけは、どんなポーズをとっても、少しぎこちなかった。

そんな聡美の姿を、わたしは夢中になってデッサンした。水着姿の彼女を描いているあいだずっと、わたしは性的な高ぶりを感じていた。

聡美は本当に綺麗だったから、彼女に惹《ひ》かれたのは、もちろん、わたしだけではなく、何人もの男子学生たちが聡美に首っ丈になった。聡美に交際を申し込んだ学生も少なくなかった。

けれど、聡美はそんな男たちの求めを、いつもやんわりと、笑顔で断っていたようだった。

わたしも聡美と付き合いたいと切に望んでいた。もし、彼女が恋人になってくれたら、ほかに望むものは何ひとつない、と。

けれど、それは無理だろうとも思っていた。わたしよりずっとハンサムだったり、ずっとかっこよかったり、ずっと絵の才能のある学生たちが交際を申し込んでも駄目だったのだから、わたしが彼女を恋人にするなんて夢のまた夢だと思ったのだ。

聡美がデッサンのモデルとして大学に来ているあいだに、わたしが彼女と口をきいたのは数えるほどしかなかった。それも『口をきいた』と言えるようなものではなく、「もう少しこちらに顔を向けてもらえませんか？」とか、「笑ってみてもらえますか？」などという、事務的なものだけだった。

聡美がデッサンのモデルをするのは、計四回ということになっていた。その四回目、黒いビキニの水着姿でモデルを務めた日の夕方、数人の学生たちが学生街の居酒屋で聡美のお別れ会を企画した。

わたしもその会に出席した。けれど、わたしの席は聡美のいるところから離れていたので、話をすることはできなかった。引っ込み思案なところのあったわたしにできたのは、飲み慣れないお酒を飲んで顔を少し赤くしている聡美をじっと見つめ、その美しい顔を網膜に焼きつけようとすることだけだった。

会の途中でわたしはトイレに立った。すると、ちょうどトイレから出てきた聡美が廊下の向こうからやってきた。

これが最後のチャンスだ。

そう考えたわたしは思い切って聡美を呼び止め、おずおずとした口調で彼女に礼の言葉を述べた。それから、さらに思い切って、自分と付き合ってもらえないだろうかと言ってみた。

異性に交際を求めたのは、それが初めてのことだった。

わたしはそんなことが言える性格ではなかったのだが、きっと酒に酔っていたせいで、あの晩は少し大胆な気持ちになっていたのだろう。

断られることは覚悟していた。極めて美しい聡美が平凡な容姿の自分に似つかわしくないことは、わたしにもよくわかっていたから。

けれど、笑顔の彼女の口から出たのは、「いいよ。付き合ってあげる」という意外すぎる言葉だった。

奇跡だった。まさに奇跡だった。

その後のわたしの人生には、いくつもの奇跡が起きた。

プロの画家になれたのも奇跡だったし、わたしの絵を定期的に購入してくれる画商が現れたのも奇跡だった。展覧会で何度となく入選できたことも、きょうまでプロの絵描きを続けられたことも奇跡だった。

だが、それらの奇跡はすべて、あの最初の奇跡が呼び込んだものだった。

そう。あの最初の奇跡が起きなければ、その後のわたしには一度も奇跡は訪れなかったに違いない。

4

聡美とわたしは結婚を前提とした交際を始め、わたしが美大を卒業した翌年に葉山《はやま》の教会でささやかな結婚式を挙げた。

交際を申し込んだ時のわたしは聡美の美貌《びぼう》しか見ていなかった。けれど、実際に付き合い始めてみると、もしその美貌がなかったとしても、彼女は素晴らしい人間だということがよくわかった。

聡美はその名の通り、とても聡明《そうめい》な人だった。それだけでなく、奥ゆかしくて淑《しと》やかで、気品があって、とても心の優しい女だった。さらには前向きで、働き者で、そばにいるだけで、周りにいるすべての人々を元気にしてくれた。

あれほど素敵な女を、わたしはほかにひとりも知らない。

夫婦となったわたしたちは、長いローンを組んで東京郊外に中古の一戸建てを買い、その家で新婚生活を始めた。とても古くて、あちらこちらから雨漏りがするようなボロ家だったが、それなりの広さがあったので、わたしがアトリエとして使うスペースを作ることができた。

わたしは聡美をモデルにして、そのアトリエで数え切れないほどたくさんの絵を描いた。美大では描くことができなかった聡美のヌードも、何枚も、何枚も描いた。

聡美の裸を描いている時には、いつも強い性的高ぶりを覚えた。その高ぶりに任せて、彼女をアトリエの床に押し倒したことも何度となくあった。

ヌードを描くということは、その女性と性的な交わりを持つことに限りなく近いのではないかと思っている。ほかの画家のことはよく知らない。だが、少なくとも、わたしにとって、女の裸体を描くということは、その女と交わるということだった。

結婚するまでの聡美は、千代田《ちよだ》区の大きな病院で歯科衛生士として勤務していた。けれど、結婚後は自宅近くにあった小さな歯科医院で働くようになった。

聡美は働き者だっただけでなく、指先がとても器用だったので、医院では随分と重宝されたようだった。

　聡美が外で働いているあいだ、わたしはせっせと絵を描いた。

　結婚前のわたしは、自分の描きたいものしか描かなかった。描きたくないものを無理して描くのは、画家としての魂を捨てることのような気がしていたのだ。

　けれど、一生懸命に働いている聡美の姿に刺激されて、わたしは売れるものなら何でも描こうと決意した。かつてはバカにしていた、官能小説誌の表紙や挿絵も自分から求めてせっせと描いた。男と女が裸で交わっていたり、女がその口に男性器を含んだりしているかなり猥褻《わいせつ》な絵だった。

　やがて子供が生まれた。今からちょうど十七年前、こんなふうに暑い日の朝だった。

　あの日のことは、きのうのことのようによく覚えている。

　あれほど幸せな気持ちになったのは、聡美が交際を許諾してくれた時以来だった。出産を見届けて自宅に戻るわたしの目には、すべてのものが光り輝いているように見えたものだった。

　子供には聡美が夏来という名をつけた。『百人一首』の持統《じとう》天皇の歌、『春過ぎて　夏来にけらし　白たへの　衣干すてふ　天《あま》の香具山《かぐやま》』から取った素敵な名前だった。

　決して裕福ではなかったけれど、美しい妻と可愛い娘に囲まれて、わたしは幸せだった。まるで自分が、この世界にある幸せをひとり占めしているような気持ちになったものだった。

その聡美が死んだのは、今から十年前、夏来が七つの時だった。急に降り始めた夕立でスリップした車が、交差点で信号待ちをしていた聡美に突っ込んだのだ。聡美は即死だった。

いつもそばにいた大切な人が今はいない。これから永遠にいない。

わたしの喪失感は、言葉にできないほどに大きかった。

わたしは泣いた。泣いて、泣いて、泣いた。あれほど泣いたのは、生まれてから初めてだった。

やがて涙は尽きたが、悲しみが癒《い》えることはなかった。それどころか、悲しみは一日ごとに膨らんでいくようにさえ感じられた。

けれど、悲しんでばかりはいられなかった。まだ小学校の一年生だった夏来を、男手ひとつで育てなければならなかったからだ。

聡美の両親もわたしの父母も、彼らの孫である夏来を自分たちが育てると申し出てくれた。それはありがたいことだったが、わたしはそれを丁重に断った。

聡美に続いて、夏来までをも失うわけにはいかなかった。当時のわたしが何とか生きていられたのは、夏来の存在があればこそだった。

聡美を失ってからは、夏来がわたしの生きる目的のすべてとなっていた。

その夏来に不自由な思いをさせないために、わたしは悲しみを抱えつつも、それまで以上に必死で絵を描いた。

家のローンがあった上に、歯科衛生士としての聡美の収入が途絶えてしまったから、生活は楽ではなかった。けれど、幸いなことに、わたしの絵を欲しいという客も少しずつ増えていって、貧困に喘《あえ》ぐというようなことはなかった。

夏来はスクスクと成長していった。そして、一日ごとに大人びて、一日ごとに美しくなり、一日ごとに妻の聡美に似ていった。

そう。夏来は本当に聡美に似ていた。時々、夏来を目にしたわたしは、そこに聡美がいるかのような錯覚に陥るほどだった。

やがて夏来は中学生になり、その後は都立高校の普通科に進学した。

年頃になった少女たちの多くが、父親を嫌ったり、煙たがったりするものだと聞いていた。だから、そういう日が来ることは、わたしもある程度は覚悟していた。

けれど、夏来はそうはならず、いつも「パパ」「パパ」と言って、わたしのそばにいてくれた。

妻の聡美は料理がとてもうまかった。だから、彼女が生きていた頃には、わたしがキッチンに立つことは稀《まれ》だった。わたしが手伝うと申し出ても、聡美からは『パパにそばにいられると足手まとい』と言われたものだった。

けれど、聡美がなくなってからの夏来とわたしは、週末ごとにふたりでスーパーマーケットに買い物に行った。そして、ほとんど毎日、一緒に冷蔵庫の中の食材を確認し、料理の本を広げて献立の相談をし、その後はふたりで並んでキッチンに立って夕食の支度をした。

そんなふうにして作った料理は、妻が作ったものに比べると、お世辞にも美味《おい》しいとは言えなかった。けれど、時間の経過とともに、わたしたちの料理の腕前も少しずつ上がっていった。

夏来はパスタやグラタン、シチューやフリットなどが好物だった。それでわたしたちの食卓には、そんな料理が多く並んだものだった。

わたしたちの家には食器洗浄機がなかった。それで、食事のあとはいつも、夏来とふたりで汚れた食器を洗った。わたしが洗い、それを夏来が次々と拭《ふ》いて食器棚に戻すということを、わたしたちは夜ごとに繰り返した。

妻には二度と会えないという事実を、いつまで経っても私は受け入れることができなかった。それでも、自分たちで苦労して作った料理を夏来と一緒に食べ、その食器を夏来とふたりで片付けている時には、わたしは幸せな気持ちに包まれた。

まだ小学生だった頃から、夏来は『わたしを描いて』と、わたしに頻繁にせがんだ。

それで当時のわたしは、夏来の絵を何枚も描いたものだった。

親バカに聞こえるかもしれないが、夏来は目がとても大きくて、鼻筋が真っ直ぐに通っていて、唇がぽってりとしていて、顎《あご》のラインがとてもシャープで、同級生の女の子たちに比べると群を抜いて可愛らしかったから、絵のモデルとしてはうってつけだった。

わたしが描いた夏来の絵は客たちに評判が良かったようで、画商も夏来の絵を描くようわたしにしばしば求めた。そういうこともあって、あの頃のわたしは実に頻繁に、アトリエで夏来をモデルにして絵を描いた。

笑顔の夏来は無邪気で可愛らしかった。だが、顔立ちが整っていたので、ツンと澄ました顔をすると、父親のわたしが「あれっ」と思うほど大人っぽい雰囲気を醸し出した。まだ小学生だったのに、わたしに色気のようなものを感じさせることもあった。

大好きな娘をモデルにして、絵を描くという大好きな仕事をする……夏来をモデルにして絵を描いているのは、わたしにとって至福の時だった。

けれど、夏来が小学校の高学年になり、さらには中学校に進学し、大人の女としての兆候が少しずつその体に現れ始めてくると、ちょっと困ったことが起き始めた。

あろうことか、わたしは実の娘である夏来に、性的な気持ちを抱くようになったのだ。

あの頃のわたしは夏来の絵を描いていると、時折、いや、ほとんどいつも、強烈な性的高ぶりを覚えた。

ヌードを描いていたわけではない。絵のモデルをする時の夏来は、いつもちゃんと服を着ていた。画商から少女のヌードや下着姿の絵の注文があっても、夏来にそのモデルを頼むことはなかった。

けれど、わたしはかなり前から、夏来の裸を描いてみたいと考えていた。繰り返すようだが、わたしにとって裸の女性を描くということは、その女性と性的な交わりを持つということと、ほとんど同じことだった。

そう。わたしは実の娘である夏来とセックスをしたいと望んでいたのだ。

もちろん、それが許されないことだとはわかっていた。けれど、その気持ちが日々膨らみ続けるのを、押さえつけることは難しかった。

5

実の娘への性的な気持ちを語り始めた画家の顔を、長谷川英太郎はさらにまじまじと見つめた。英太郎の隣では、きょうの補佐官を務める部下の白井亮太が英太郎と同じことをしていた。

この下村という男は、やっぱり変態なんだ。犯罪者なんだ。真っ当で、常識的で、ごく普通の男に見えるけれど、実の娘とセックスをしたいと望むなんて……この男はやっぱり、極めて異常な変質者なんだ。

男を見つめて英太郎は思った。

「刑事さん、水を飲ませてもらいます」

下村秀一がそう断ってからテーブルに手を伸ばし、そこに置かれていたペットボトルのミネラルウォーターをごくごくと喉《のど》を鳴らして飲んだ。突き出した男の喉仏《のどぼとけ》が、上下に動くのがよく見えた。

英太郎はゆっくりと脚を組み替え、唇をすぼめて長く息を吐いた。右隣では白井亮太が肩の凝りをほぐすために、太い首をゆっくりとまわしていた。

取調室の窓は今、すべて閉められていた。けれど、すぐ隣にある公園で盛んに鳴いている蟬の微《かす》かな声が、英太郎の耳に絶え間なく入ってきた。公園で遊んでいるらしい子供たちの甲高い声や、公園と警察署のあいだの道路を走り抜ける車やバイクのエンジン音も微かに聞こえた。

長谷川英太郎は三十五歳。都内にある国立大学の法学部を極めて優秀な成績で卒業し、二十二歳の時に警視庁に入庁した。

身長百八十五センチ、体重九十五キロの英太郎は、とても筋肉質でがっちりとした体つきをしていた。その体はまさに、筋肉の鎧《よろい》に覆われていると言ってもいいほどだった。だが、プロレスラーのようないかつい体とは対照的に、顔立ちは優しげで、笑顔が魅力的で、切れ長の目はとても涼しげで爽《さわ》やかだった。

英太郎は昔から球技が好きだった。だが、警察に入ってからは武道を始め、今は柔道も剣道も三段の腕前だった。警察のアメリカンフットボールチームにも所属し、時間が許す限り練習に参加していた。

英太郎が警察官になったのは、『人々の役に立ちたい』『人々が安心して暮らせる社会を作りたい』という正義感からだった。

そう。子供の頃から英太郎は正義感が強く、クラス内でいじめのようなものがあれば、先頭に立ってそれを解決しようとしていた。喧嘩《けんか》の仲裁もしばしばした。

そんな英太郎にとって、警察官という仕事は、まさにうってつけの職業に思われた。過保護なところのある母は、『危ないことはないのかしら』と少し心配そうだった。だが、テーラーとして小さな紳士服店を経営していた父は、『いい仕事だな。頑張れ』と言ってくれた。

ほとんどの者がそうであるように、警察では英太郎も最初の半年ほどは都内の交番に勤務した。だが、真面目で職務態度が良く、警察学校での成績が極めて優秀だったことから、上司から刑事講習の推薦をもらい、書類審査と面接試験を経て刑事になった。刑事課での勤務を始めたのは、今から八年前、英太郎が二十七歳の時のことだった。

どの部署でも英太郎は全力を尽くしてきたつもりだった。だが、刑事課に配属された時には身が引き締まるような思いがした。最前線で悪と対峙《たいじ》するこの刑事課こそが、自分が本当に力を発揮できる部署だと感じたのだ。

今も昔も、刑事課は数ある警察の部署の中でももっとも過酷とされている。刑事としての仕事は極めて多忙で、ひとりで同時にいくつもの事件を担当しなければならなかった。勤務時間も休日も不規則で、年末年始も働かなければならないことが多かった。命の危険を感じるようなことも何度かあった。

実際、刑事になってすぐの頃に、追い詰めたと思った犯人にナイフで刺されて、英太郎は重傷を負っていた。

だが、英太郎はどんな時にも怯《ひる》まず、ひとつひとつの事件を解決するべく、いつも全力で、真摯《しんし》に丁寧に、事件と向き合ってきた。そして、ひとつの事件が解決し、自分の手を離れていくたびに、『やり遂げた』『またひとつ、社会のためになった』という達成感と充実感とを覚えた。

今、英太郎は刑事課での仕事に、強いやり甲斐《がい》を感じていた。そして、少し大袈裟《おおげさ》に言えば『正義の使者』として、自分の手でひとりでも多くの悪党に罰を科してやりたいと望んでいた。

俺は恵まれている。恵まれすぎている。

まだ幼かった頃から、長谷川英太郎はそのことをはっきりと感じていた。

特別な努力をしたつもりはなかったが、小学生だった頃から英太郎は勉強がよくできて、学年ではたいていいちばんの成績を上げていた。それだけでなく、運動神経も抜群で、小学生から高校生まで、地域のサッカーチームや学校のサッカー部の主力選手として、さまざまなポジションで力を発揮した。大学ではサッカーの代わりにアメリカンフットボールを選んだが、足が昔からとても速かったから、そこでもクォーターバックとしてかなりの活躍をした。

さらに、小学生だった頃から、英太郎は女たちにとてもよくモテた。恋人がいなかったことが一度もないほどだった。

今、目の前に座っている下村秀一は、ついさっき、『まるで自分が、この世界にある幸せをひとり占めしているような気持ちになった』と口にした。だが、英太郎も昔から下村と同じことを感じていた。『俺だけがこんなに恵まれていていいものなのだろうか？』という感じだった。そして、いつかその幸せが失われる日が来るのではないかと、英太郎はいつも心のどこかで密《ひそ》かに恐れていた。

英太郎は今、ふたつ年下の家庭的な妻と、郊外の一戸建てにふたりで暮らしていた。下村秀一の自慢だった妻とは違って、英太郎の妻の千春《ちはる》は決して美人ではなかったし、体にはたっぷりと贅肉《ぜいにく》がついていてスタイルもよくはなかった。けれど、従順で、家庭的で、料理がうまく、綺麗《きれい》好きで、妻としては申し分がなかった。少なくとも、半年ほど前までは、申し分がない女だと英太郎は考えていた。

そう。半年ほど前までは……。

「あの……刑事さん、話を続けてもいいですか？」

実の娘に性的欲望を抱いたという下村秀一が、顔色を窺《うかが》うかのように英太郎を見つめた。

我に返った英太郎は、「ああ。はい……続けてください」と慌てて口にした。

6

妻の聡美から美貌《びぼう》を受け継いだ夏来は、高校生になるとますます美しくなった。それだけでなく、夏来はさらに女っぽく……というより、フェロモンを盛んに立ち上らせているような若い女になっていった。

妻と同じように、夏来はもともとすらりとした体つきをしていた。だが、高校生になると、同級生の少女たちを見習ってせっせとダイエットに励むようになった。そして、やはり同級生たちを見習って、制服であるセーラー服のスカート丈を、今にも下着が見えてしまいそうなほど短くして高校に通うようになった。それだけでなく、高校に行く時にも、リップグロスを塗ったり、マスカラをつけたり、爪に淡い色のエナメルを塗り重ねたり、イヤリングやペンダントやブレスレットを身につけたりもした。

夏来の通う高校は進学校だったが、生徒たちの自主性を重んじる校風で、身だしなみにはうるさくなかった。そんなこともあって、女子生徒たちの多くがそんなふうにお洒《しゃ》落《れ》をして通学していたようだった。

わたしは夏来にしばしば、「化粧なんて早すぎる」「学校に行く時には、アクセサリーはやめなさい」「髪を染めている暇があったら勉強しなさい」「スカート丈が短すぎる」

などと小言を言った。

けれど、それは普通の親たちと同じような娘の将来を思う親心からではなく、むくむくと絶え間なく湧き上がってくる自分のおぞましい欲望を、何とかして抑えたいと思ったからだった。

そう。若い女になり始めた夏来の姿を目にするたびに、わたしの性的な気持ちはどんどん募っていったのだ。

セーラー服を身につけた夏来は、父であるわたしの目にも本当に色っぽく映った。極端に短くしたスカートから突き出た脚は、細くて、長くて、引き締まっていて、目を離せなくなるほどセクシーだった。上着とスカートのあいだからちらりちらりと覗《のぞ》くウェストは、驚くほど細くくびれていて、いったいどこに内臓が収まっているのだろうと不思議に思うほどだった。

高校生になるとすぐに、夏来はストレートの長い髪を自分で脱色し、ダークブラウンにしていた。艶々《つやつや》としたその美しい髪が、夏来の美貌をさらに引き立てていた。夏来に髪を染めるなと言っていたにもかかわらず、わたしはその美しい髪を撫《な》でたい、口に含みたいというおぞましい欲望に絶えず駆られた。

夏来はわたしの小言にはまったく耳を貸さなかった。若い女たちの多くがそうであるように、『もっと綺麗になりたい』『異性の視線をもっと集めたい』という気持ちでいっぱいだったのだ。

そして、夏来は一日ごとに、より美しく、より色っぽくなっていった。

妻の聡美が亡くなってから洗濯はずっとわたしの仕事で、わたしは夏来の下着も洗濯していた。高校生になってからの夏来は、とてもセクシーな下着を身につけるようになっていて、わたしはその下着を干したり、畳んだりするたびに、また強い欲望を覚えたものだった。いや、それだけでなく、洗濯をする前の夏来のブラジャーやショーツを洗濯機から取り出して、鼻に押しつけてみることさえした。

自分が極めて異常なことをしているという自覚はあった。わたしは夏来の父親なのだ。だが、わたしはいつも、込み上げる欲望に負けていた。

夏来のほうは、父親であるわたしの邪《よこしま》な欲望には少しも気づいていないように見えた。夏来は毎日のように、風呂《ふろ》上りの体にバスタオルを巻いただけというあられもない恰好《かっこう》で、わたしの前に姿を現した。わたしとふたりきりの時の夏来は本当に無防備で、ミニ丈のスカートから下着が丸見えになっていることも頻繁にあった。

今年の夏が始まる前、まだ梅雨が続いていた頃に、夏来が友人たちと買ってきた水着を身につけて、アトリエで仕事をしていたわたしの前に急に現れたことがあった。夏来が身につけていたのは、とても小さくてセクシーなトライアングル型のビキニで、黒地に白い水玉模様がプリントされていた。

夏来が小学生だった頃には、夏になるとわたしは頻繁に夏来を湘南《しょうなん》の海水浴場や都内のプールに連れて行った。そんな時にも夏来は子供用のビキニの水着を身につけていたものだったが、高校生になった夏来のビキニ姿はその頃とはまったく違っていた。ほっそりとした長い腕と脚、浮き上がった鎖骨、尖《とが》った肩、くびれたウェスト、突き出した腰骨、水着の下でこんもりと盛り上がった恥骨……母親の聡美と同じように、夏来の乳房は小ぶりだったが、水着のブラジャーのカップの中でしっかりと張り詰めているのが見て取れた。

その夏来を目にした瞬間、わたしは思わず目を逸《そ》らした。見てはならぬものを、目にしているような気がしたのだ。

アトリエに立ったビキニ姿の夏来は、まさに光り輝いていた。それはまるで、ギリシャ神話のヴィーナスが現れたかのようだった。

「パパ、見て、見て。どう？　似合う？」

満面の笑みを浮かべてそう言うと、ビキニ姿の夏来はアトリエの真ん中で、無邪気にくるくるとまわってみせた。

「ああ。似合うよ」

わたしは気のない返事をした。けれど、心の中ではビキニ姿の夏来や、裸の夏来を描いてみたいと切望していた。

そして、その夜、わたしはついに、夏来の姿を想像しながら自慰行為をした。

いや、そうではない。自慰行為をしながらわたしが思い浮かべていたのは、夏来と交わっている自分だった。水玉模様のビキニを身につけた夏来にのしかかり、その華奢《きゃしゃ》な体を押さえつけ、小さな水着を力ずくで毟《むし》り取り、彼女の脚を左右に広げさせ、その股《こ》間《かん》にいきり立った男性器を突き入れているわたしの姿だった。

7

長谷川英太郎は汚らわしいものを見るかのような目で、話を続けている容疑者の顔を凝視した。

英太郎の右隣ではパソコンのキーボードを打つ手を止めて、白井亮太が同じような目つきで下村秀一を見つめていた。

実の娘とのセックスを思い浮かべながらマスターベーションをするなんて……この男はいったい、どういう神経の持ち主なんだ。

怒りにも似た感情が膨らんでいくのを感じながら、英太郎はそんなことを考えていた。真っ当な人生を歩み続けてきた英太郎にとって、近親相姦《きんしんそうかん》などというものは絶対に受け入れることのできない、汚らわしく、おぞましいものだった。それは人間のすることではなく、ケダモノのすることだった。

オヤジが聞いたら、たまげるだろうな。

英太郎は思った。

　そして、英太郎はふと、自分の父親の顔を思い浮かべた。

　寡黙ではあるけれど、働き者で、正直で、他人への思いやりに溢《あふ》れていて、曲がったことの大嫌いな父は、英太郎がもっとも尊敬する人物だった。

　長谷川英太郎の父は自宅の一階に併設された小さな店で、自分で作った紳士服を販売していた。

　若い頃に有名なテーラーの弟子として長く修業をしてきた父は、自分で紳士服店を始めてからずっと、生地選びから、デザイン、採寸、裁断、縫製までをひとりきりでこなしていた。ハンカチやネクタイなども作ったが、ワイシャツやスーツ類はそのすべてが、客のひとりひとりに合わせたオーダーメイドだった。

　父の作るスーツやワイシャツは、量販店のものとは比べ物にならないほどに高価だった。それにもかかわらず、客からの注文が途切れることはまったくなかった。それどころか、注文を受けてから納品まで、どんなに短くても一ヶ月、普通は二ヶ月も三ヶ月もかかるのが常だった。

　父の店の常連客の中には各界の著名人も少なくなかった。毎日のようにテレビで顔を見かけるアナウンサーや芸能人もやって来たし、国会議員も頻繁にやって来た。その中には首相を務めたことのある議員もいた。

　けれど、父はハンカチ一枚だけを買う客に対しても、首相経験者に対しても、まったく変わりのない態度で接していた。客に対してはすべて礼儀正しかったが、愛想笑いをすることや、思ってもいないお世辞を口にすることは絶対になかった。

来る日も来る日も、父は狭い店の片隅でワイシャツやスーツを黙々と作り続けていた。週に一度、水曜日が定休日だったが、店が休みの日にも父はさまざまな文献を広げて紳士服の勉強をしていた。

父は息子である英太郎がすることに、余計な口を挟むことは一度もなかった。相談には気軽に応じてくれたが、ああしろ、こうしろと命じるようなことはまったくなかった。

英太郎には父に叱られた記憶がほとんどない。それでも一度だけ、胸に突き刺さるようなことを父から言われたことがある。

あれは英太郎が小学校の六年生の時だった。

その日、サッカーの試合中に英太郎がハンドの反則をしたのに、審判がうっかりその反則を見逃したのだ。英太郎は帰宅後、嬉々《きき》とした態度でそれを父に話し、満面の笑みを浮かべて『ラッキーだった』というセリフを口にした。

その時、父が英太郎の目を真っ直ぐに見つめて、穏やかな口調でこう言ったのだ。

「もし、次にそういうことがあった時には、英太郎には自分からちゃんと、反則をしましたと名乗り出てほしいな」

父が言ったのはそれだけで、叱りつけるようなことはしなかった。だが、その言葉は今も英太郎の心に残っている。

そんな父の背中を見て英太郎は育った。

毎日、誰に媚《こ》びることもなく、自分の選んだ仕事を黙々と続ける父は、英太郎の誇りだった。父はほとんど何も語ることなしに、英太郎に『人は正直に、真っ当に生きるものだ』と教えてくれたのだ。

そんな英太郎の目に、娘への性的欲望を口にしている下村秀一という男は、極めて異常な人物に映った。

8

長かった今年の梅雨もようやく終わり、本格的な夏がやって来た。

妻の聡美は毎年、ゴールデンウィークの頃に、小さな庭の片隅に朝顔の種を蒔《ま》いていた。前年の秋に収穫した種を、聡美はいつも冷蔵庫に保管していたのだ。

夏来はそれを覚えていたようで、ゴールデンウィークの頃にいつも朝顔の種を蒔いた。

今年はわたしも夏来と一緒に庭に出て、前年の秋に夏来が収穫した朝顔の種をひとつひとつ土の中に埋めていった。

「パパ、知ってる？　朝顔はママのいちばん好きな花だったんだよ」

種を蒔きながら夏来がわたしに言った。それは、わたしにとっては初耳だった。

「ママは夏来に、そんなことを言ったのかい？」

「うん。ママは夏に咲く花が好きなんだけど、その中でも朝顔がいちばん好きだって言ってたよ」

「ママはどんな色の朝顔が好きだったんだい？」

「白と青だって言ってたな」

懐かしそうな顔をした夏来が言い、わたしのヴィーナスだった妻の聡美と、これからヴィーナスになろうとしている娘の夏来が、仲良く並んでしゃがんで朝顔の種を蒔いている姿を思い浮かべた。

ああっ、ふたりが種蒔きをしているその瞬間に、もし、タイムスリップすることができたのなら……わたしはもう、何ひとつ望まないだろう。

夏来とわたしが種を蒔いた朝顔が、毎朝、清楚《せいそ》で美しい花を開かせるようになった。

それは本当に美しい花だったから、かつてのわたしだったらスケッチブックを持ってその前に座ったはずだった。けれど、わたしにはすでに花を愛《め》でる心の余裕がなくなっていた。夏来に対する邪《よこしま》な欲望が日を追うごとに膨らんでいったからだ。

彼女の高校が夏休みになったせいで、夏来が自宅ですごす時間が増え、必然的に、わたしが彼女の姿を目にする時間も増えていった。

そのことがわたしの欲望に拍車をかけていた。

繰り返すようだが、その欲望が極めて異常で、極めておぞましいものだということは、わたし自身にもよくわかっていた。だから、わたしはその欲望をなんとかして抑え込もうとした。

けれど、邪な欲望は日ごとに膨らんでいって、わたしの力では制御できないほどになっていた。

そして、わたしは夏来を恨んだ。

そう。すべては夏来のせいなのだ。これほどまで美しく、これほどまで魅力的になってしまった夏来が悪いのだ。

もし、夏来が醜ければ……醜くないとしても、あそこまで魅力的になっていなかったら、わたしだってこんな欲望を抱かずに済んだはずだった。

欲望に負けたわたしは、ついにインターネットの通信販売を利用して集音マイク付きの隠しカメラを購入した。そして、夏来が友人と遊びに行っているあいだに、夏来の部屋と浴室に極小のその機器をこっそりと取りつけた。

その機器は思った以上に性能が良くて、そのことによって、わたしは隠しカメラから送られてくる映像と音声を、スマートフォンで見聞きすることができるようになった。

罪悪感はあった。いくら相手が娘とはいえ、それは明らかな犯罪だった。それ以上に、わたしを信頼してくれている娘に対する裏切りだった。

だが、それにもかかわらず、わたしは実に頻繁にスマートフォンを手にするようになった。
そして、わたしは盗み見た。浴室で裸になっている夏来を盗み見た。スマートフォン
に顔を近づけ、固唾《かたず》を呑《の》んで凝視した。
まだ夏来が小学校の低学年の頃には、わたしは夏来と一緒に入浴していた。けれど、
それから十年近くの時間が経過した今の夏来の裸体は、わたしがぼんやりと思い描いて
いた以上に美しかった。そして、聡美のそれにそっくりだった。肩甲骨の浮き上がった
背中や、小さくて丸い尻《しり》だけ見ていると、生き返った聡美が浴室にいるのかと思うほど
だった。
今では夏来の股間《こかん》は、わずかばかりの黒い毛に覆われていた。乳首は小さくて、淡い
小豆《あずき》色をしていた。その乳房は思春期を迎えたばかりの少女のように小ぶりだった。
邪悪な父親に覗《のぞ》かれているとはつゆ知らず、夏来は専用の剃刀《かみそり》を使って、腕や脚の毛
を毎日のように剃《そ》っていた。
「ああっ……夏来……夏来……夏来……」
汗が噴き出た手でスマートフォンを握り締め、わたしはその名を何度も呟《つぶや》いた。
繰り返すようだが、間違いなく罪悪感はあった。だが、同時に、ゾクゾクするような
背徳感とスリルもあった。
その後もわたしは、一日に何度も夏来を盗み見た。

わたしは見た。

自室でドレッサーの前に座り、鏡に顔を近づけて、ビューラーで睫毛《まつげ》をカールさせている夏来を見た。

小さなハサミと剃刀を使って、眉毛《まゆげ》の形を整えている夏来を見た。

浴室から自室に戻った夏来が、体に巻きつけたバスタオルをはらりと床に落とし、わたしが洗濯したショーツを穿《は》き、わたしが洗濯したブラジャーをつけているのを見た。

下着だけの姿で腕を高く持ち上げ、腋《わき》の下に新たに生えて来た毛の一本一本を、銀色に光る小さな毛抜きを使って丁寧に引き抜いている夏来を見た。

ブラジャーを外した夏来が、白いナイトドレスを身につけてベッドに入り、大きな目を閉じて眠りに落ちる姿を盗み見た。

そんな時、わたしの股間ではいつも、男性器がこれ以上はないというほどに硬直していた。

9

集音マイク付きの隠しカメラから送られてくる夏来を盗み見ているあいだに、わたしは夏来に恋人のような男がいることを知った。夏来がほとんど毎日、いや、一日に何度もその男と電話で話をしていたのだ。

夏来はその男のことを、『やっくん』と呼んでいた。だから、電話の相手が男であることは間違いなかった。どうやら、その男は高校で夏来と同じクラスに在籍しているようだった。

わたしが聞けたのは電話で話している夏来の声だけで、その男の声を聞くことはできなかった。けれど、夏来がその男に恋心を抱いていることはよくわかった。夏来はその男との電話の最中に、嬉々とした表情を浮かべて、何度となく『愛してる』という言葉を口にしていた。

愛している？　わたしの夏来が、ほかの男を愛している？

そのことにわたしは、凄《すさ》まじいまでの怒りと、その男に対する強烈な憎しみを覚えた。その男を殺してやりたいと思ったほどだった。

その後もわたしは、夏来がその男と電話で話しているのを一日に何度も聞いた。その会話から、その男がわたしの夏来に体の関係を求めていて、夏来はそのことで迷っていることを知った。

そう。まだ高校生だというのに、夏来はその男と体の関係を持とうか、持つまいかと悩んでいたのだ。

今から一週間ほど前の夜、夏来はまたその男と自室で電話をしていた。あの時は確か、夏来のほうから男に電話をしたのだ。その男はその時、家族と一緒に北海道の別荘に滞在していたようだった。

その電話で夏来が男に、『やっくんがこっちに帰って来たら、させてあげてもいいよ』と言っているのが聞こえた。

させてあげてもいい？

わたしはギョッとした。

夏来の口から出た言葉の数々から分析すると、その男は間もなく、家族とともに東京に戻って来るらしかった。そして、男が戻ってきた翌日に、夏来は繁華街にあるラブホテルで、その男に体を許すと決めたようだった。

その晩、ベッドの中でわたしは、見たことのないその男と、わたしの夏来がセックスしている姿を思い浮かべた。

そのことによって、わたしの中には強烈な怒りと苛立《いらだ》ちと、その男への憎しみとが湧き上がってきて、いても立ってもいられないような気持ちになった。

阻止しなければならなかった。わたしの夏来が、ほかの男の性器で貫かれるなんて……そんなことは絶対に認められなかった。

夏来はわたしのものだった。わたしの宝物だった。わたしの生きる目的のすべてだった。

その大切な夏来を、ほかの男に奪われるわけには絶対にいかなかった。

夏来が夏休みで家にいるので、わたしたちは毎日、朝昼晩の三回、キッチンに並んで立って食事の支度をした。

食事を作りながら、夏来はいつも取り留めのない話をした。高校の友人たちの話、一日に二度ずつ我が家の庭に餌をねだりに来る猫たちの話、近くのペットショップで売られている子犬や子猫の話、大学への進学の話……夏来は将来、どんな職業に就くのかで迷い始めていた。

まるで親しい友人であるかのように、夏来はわたしに本当にいろいろなことを話した。けれど、夏来の口から『やっくん』の話が出ることはなかった。

暑い日が続いていて、夏来はいつも肌を剝《む》き出しにしたあられもない恰好《かっこう》をしていた。ワンピースやTシャツやタンクトップの薄い生地の向こうに、くっきりと下着が透けて見えることも少なくなかった。

キッチンの上の棚に置かれた調味料などを取ろうとして夏来が腕を持ち上げると、白くて柔らかそうな腋の下の皮膚がわたしの目に飛び込んできた。それを目にするたびに、わたしは胸を高鳴らせ、夏来が毛抜きを使って、そこに生え始めた毛を引き抜いていた姿を思い出した。

並んでキッチンに立っていると、剝き出しのふたりの腕が何度も触れた。そのたびに、わたしは夏来を抱き締めたいという衝動に駆られた。夏来は瘦《や》せていたけれど、腕についた肉は柔らかかった。

ああっ、抱き締めたい。夏来の華奢《きゃしゃ》な体を、骨が軋《きし》むほど強く抱き締め、ふっくらとした唇を貪《むさぼ》り、小ぶりな乳房を荒々しく揉《も》みしだきたい。

その強い衝動に、わたしは今にも負けてしまいそうだった。けれど、いつもすんでのところで……本当にギリギリのところで、わたしはその衝動を何とか押し返していた。

けれど、その強烈な衝動をいつまで抑え込めていられるのかは、わたし自身にもわからなかった。

一分後にわたしは、夏来を抱き締めてしまうかもしれない。二分後には無理やり唇を奪い、乳房を揉みしだいてしまうかもしれない。それだけでなく、夏来を床に押し倒し、力ずくで犯してしまうことになるのかもしれない。

そう。たぶん、わたしはやるのだ。きっと、やってしまうのだ。

もし、そんなことをしたら、夏来にひどく嫌われてしまうだろう。もう二度と口をきいてもらえなくなってしまうだろう。それどころか、夏来はこの家から出て行ってしまい、二度と戻ってこないかもしれない。そして、夏来はいずれは『やっくん』という男のものになり、その男に体を許すことになるのだろう。

どうすれば、夏来を強姦《ごうかん》せずに済むのだろう。どうすれば、嫌われずに済むのだろう。

そして、どうすれば、その男に奪われずに済むのだろう？

わたしは考えた。考え、考え、考えた。そして、ハッとなって体を震わせた。

『殺してしまったらどうだろう？』という考えが、ふと頭に浮かんだのだ。

殺す？　夏来を殺す？　このわたしが、自分の宝物をぶち壊す？

そうだ、夏来を殺すのだ。殺してしまえば、この衝動に、これ以上悩まされずに済む。夏来を無理やり犯さずに済むし、嫌われずに済む。殺してしまえば、夏来をほかの男に取られずに済む。

この世でいちばん大切な娘を殺すというのは、考えるだけで恐ろしかった。思ってみるだけで、下腹部がヒヤリとした。

それにもかかわらず、夏来を殺すことを、わたしは頻繁に考えるようになった。

発想がおかしい？　飛躍のしすぎ？

今になって思えば、確かにそうなのかもしれない。

けれど、あの時には、ほかに選択肢はないのだと思っていた。きっと、あの頃のわたしはそれほどまでに追い詰められていたのだ。

それは欲に駆られた末に、金の卵を産むガチョウの腹を裂いて殺してしまった愚かな農夫の思考状態に似ているようにも感じられた。

10

夏来を殺すと思いついたものの、自分が本当にそうするとは、あの時にはまだ思っていなかった。わたしに人間が殺せるとも思えなかった。

ましてや、その女性はわたしの宝物なのだ。

殺さない。わたしには殺せない。殺せるはずがない。

わたしは自分にそう言い聞かせた。

そんなわたしの心が『やはり殺そう』という方向に大きく動いたのは、『やっくん』が北海道から戻って来ると知った時だった。

そう。その男は次の日、こちらに戻って来るのだ。そして、繁華街にあるラブホテルの一室で、裸の夏来に身を重ね、無垢《むく》な夏来をベッドに押さえつけて、いきり立った男性器で夏来の体を貫くのだ。

そんなことをさせるわけにはいかなかった。夏来はわたしのものだった。わたしだけのものだった。


その晩、わたしは足音を忍ばせて夏来の部屋へと向かった。隠しカメラの映像を見ていたから、夏来が眠っていることはわかっていた。

夏来の部屋のドアをそっと開けて、わたしはベッドの上の夏来に近づいた。夏来は仰《あお》向《む》けになっていて、軽い羽毛布団の上に剝き出しの両腕を出していた。細くて長いその腕が、暗がりの中で異様に白く見えた。

部屋の明かりはすべて消されていた。けれど、カーテンのわずかな隙間から入った街灯の光が、八畳ほどの室内を仄《ほの》かに照らしていたから、暗くて何もできないというほどではなかった。

妻に似て綺麗《きれい》好きな夏来の部屋には、余計なものがほとんどなく、すっきりと片付いていた。ほかの少女たちとは違い、夏来はヌイグルミのようなものが好きではなかった。アイドルのポスターで壁を飾ることもしなかった。

その壁には、わたしが描いた小学生だった頃の夏来の油絵が二枚、洒落《しゃれ》た額に入れて掛けられていた。一枚は白いワンピースを着て微笑んでいる夏来で、もう一枚の絵に描かれている夏来は青い浴衣《ゆかた》を身につけて澄ましていた。

それらはどちらも画商の注文で描いたものだったが、夏来に『パパ、ちょうだい』とねだられて、彼女にプレゼントしたのだ。

ベッドのすぐ脇には、小さな椅子が置かれていた。わたしはその椅子に腰を下ろし、夏来の寝顔をじっと見つめた。

最初は暗がりに沈んでいて、夏来の顔ははっきりとは見えなかった。けれど、すぐに目が慣れ、夏来の顔がはっきりと見えるようになった。

眠っている夏来の顔をそれほど間近に見るのは、実に久しぶりだった。その美しい寝顔は、聡美のそれにそっくりだった。

マスカラもエクステンションもつけていないはずなのに、夏来の睫毛《まつげ》は驚くほど長かった。薄い瞼《まぶた》の下で、眼球が忙《せわ》しなく動いているのが見えた。

夏来はほんの少し口を開けていた。ぽってりとした柔らかそうな唇のあいだから、白く揃った歯が覗《のぞ》いていた。わたしは夏来が中学生だった頃に、彼女に歯の矯正をさせていた。

　どれくらいのあいだ、夏来の顔を見つめ続けていただろう。やがてわたしは静かに立ち上がり、夏来の上にそっと身を屈《かが》めた。そして、ほっそりとした夏来の長い首に向かって、ゆっくりと手を伸ばした。

　夏来、許してくれ。でも、こうするしかないんだ。

　わたしは心の中で夏来にそう語りかけた。心臓が猛烈に鼓動しているのが、自分でもよくわかった。いつの間にか、口の中はカラカラだった。

　わたしは自分の手を、ほっそりとした夏来の首に触れるほど近づけた。けれど、そのままわたしの手は止まった。

　できない。やっぱりできない。わたしには殺せない。

　わたしは伸ばした手を引っ込めようとした。

　その瞬間、夏来が目を開いた。

「やだ、パパっ。何してるのっ！」

　ひどく驚いた顔をして夏来が叫んだ。

　そのことに、わたしは動転してしまった。頭の中が真っ白になってしまったのだ。そして、もう何も考えず、夏来の首に手をかけ、わずかに汗ばんでいる首を渾身《こんしん》の力を込めて絞めあげた。わたしの指の一本一本が、夏来の柔らかな皮膚にめり込んでいくのがわかった。

夏来の首が細いということは充分にわかっているつもりだった。けれど、実際に手をかけてみると、それは信じられないほどに細かった。

大きな目をいっぱいに見開き、夏来はわたしを見つめていた。華奢なその手では、わたしの左右の手首を摑《つか》み、必死でそれを振り解《ほど》こうとしていた。

「うむうっ……ぐぐっ……うぐうっ……」

夏来の口から苦しげな呻《うめ》きが漏れた。

たぶん、『やめて……パパ……やめて……』と訴えていたのだろう。夏来には自分がなぜ、父親であるわたしに首を絞められているのかがわからなかったに違いない。

やめるという選択肢はなかった。床に落ちて砕けたグラスは、絶対に元通りにはならないのだ。

ここでやめたとしても、夏来に嫌われてしまう。もう二度と口をきいてもらえなくなってしまう。この家から出て行ってしまう。

だとしたら、やり遂げるしかなかった。

少なくとも、あの時のわたしは、やり遂げるしかないと考えていた。

夏来は可愛らしい顔を苦しげに歪《ゆが》め、断続的に呻きを漏らしながら、凄《すさ》まじいまでの抵抗を続けた。身をよじったり、腰を浮かせたり、脚をバタつかせたりしたのだ。

けれど、わたしは手の力を緩めはしなかった。無意識のうちに、わたしは「あわわわわわ……あわわわわわわ……」という声を出していた。自分のしていることに、おののいていたのだ。

どのくらいのあいだ、わたしは夏来の首を絞め続けていたのだろう。

やがて、抵抗する夏来の動きが緩慢になり、そして、ついにまったく動かなくなった。見開かれていた目も、いつの間にか閉じられていた。

それでも、わたしは夏来の首を絞め続けた。「あわわわわわわ……あわわわわわわ……」という声を漏らし続けながら、力を込めて絞め続けた。

11

ようやく夏来の首からもぎ取るようにして手を離した瞬間、わたしは急に我に返った。そして、自分が取り返しのつかないことをしてしまったのだと気づき、凄まじいまでのパニックに陥った。

「夏来っ！　夏来っ！　夏来っ！　起きてくれっ！　目を開けてくれっ！　パパが悪かった！　パパがバカだった！　夏来っ！　夏来っ！　夏来っ！」

わたしは大声で叫びながら、彼女の体を激しく揺すった。

けれど、夏来が再び目を開くことはなかった。夏来の白い首には、わたしの手の跡がくっきりと醜く残っていた。

わたしは布団を捲《まく》り上げ、ナイトドレスの上から夏来の左胸に耳を押し当てた。弾力のある乳房は今も熱いほどの熱を発していたが、心臓はすでに動いていなかった。

パニックに陥りながらも、わたしは夏来の唇に自分のそれを押しつけ、昔、保健体育の授業で習ったことを思い出しながら人工呼吸をした。

こんな時だというのに、唇を合わせた瞬間に、わたしはまた欲望を覚えた。

夏来の口の中に息を強く吹き込み続ける傍ら、わたしは心臓マッサージも施した。夏来の名を叫び、涙を流しながら、いつまでもそれを続けた。

けれど、その行為も虚《むな》しく、温かかった夏来の体は、その熱を徐々に失っていった。

それが悲しかった。

気がつくと、わたしの目からは涙が溢《あふ》れ出ていた。わたしが泣くのは、聡美が死んだ時以来だった。

明け方近くになって、わたしはもう動かない夏来を抱き上げてアトリエへと向かった。

わたしは相変わらず、激しく取り乱していた。それでも、夏来を描かなければならないという、義務感のようなものに駆られてのことだった。

今描かなければ、二度と夏来を描けないのだ。だから、今、どうしても、描かなければならなかった。

白いナイトドレス姿の夏来を、わたしはアトリエの床に仰向《あおむ》けに横たえた。そして、真っ白な画用紙に黒い鉛筆で夏来の姿を描き始めた。

わたしは描いた。夢中で描いた。いつの間にか、窓から朝日が差し込み始めていたが、そのことにもほとんど気づかなかった。

一枚目を描き終えると、わたしは夏来からナイトドレスを剝《は》ぎ取り、パステルブルーの小さなショーツを脱がせた。そして、全裸の夏来を部屋の片隅のソファに移動させ、ソファの背もたれに寄りかからせ、わたしはその姿をまた鉛筆で描いた。二枚目が終わると、夏来に違うポーズを取らせ今度は三枚目を描き、それが終わるとまた別のポーズを取らせて四枚目を描いた。

やがて昼になり、また夜がきた。わたしは描き続けた。食事もせずに、夢中で描き続けた。

夏来の裸体を描きながら、わたしは時折、涙を流した。

もう夏来はいない。もう夏来の声が聞けない。

そう思って、わたしは泣いた。凄まじい悲しみが込み上げ、大声で叫ぶこともあった。泣き、叫び、呻きながらも、わたしは描き続けた。夏来の裸体を描くということが、わたしを夢中にさせていたのだ。

最初は柔らかかった夏来の体は、少しずつ硬くなっていった。たぶん、あれが死後硬直だったのだろう。硬直はどんどん強くなり、やがては別のポーズを取らせるのが難しくなっていった。それでも、わたしは夏来の関節を軋《きし》ませながら、彼女にさまざまなポーズを取らせた。

言いようのないほどに疲れたわたしは、鉛筆を傍に置き、夏来の体を抱きしめながら短い眠りをとった。目覚めると、空腹を満たすために、湯を沸かしてカップ麺《めん》を食べた。そして、また夏来を描いた。

夏来と一緒にいられる時間は、もうほとんどないのだ。だから、描かなければならなかった。

わたしは断続的に涙を流していた。それにもかかわらず、全裸の夏来を描いていると、頻繁に男性器が硬くなった。

繰り返すようだが、女の裸を描くということは、わたしにとってはその女と交わるということだった。

そう。夏来の裸を描きながら、わたしは彼女と性的な交わりをもっていたのだ。

けれど、実際に夏来を犯しはしなかった。そうしたいという欲望に何度となく駆られたが、わたしは何とかその衝動を抑え切った。

夏来を抱いて短い睡眠を断続的に取りながら、わたしは三日三晩にわたって夏来を描き続けた。何度かインターフォンが鳴らされたが、わたしはそれに応じなかった。家の外から夏来の名を呼ぶ若い男の声が聞こえたこともあった。

四日目の朝、鉛筆とスケッチブックを脇に置き、夏来に再びショーツを穿《は》かせ、ナイトドレスを纏《まと》わせた。

その頃には夏来の体は再び柔らかくなっていたから、そのことにそれほど手間は掛からなかった。

わたしが描くのをやめたのは、夏来が醜くなり始めていたからだった。

磁器のように白く滑らかだった皮膚のあちらこちらに、不気味な色の斑紋《はんもん》が浮き上がり、それが徐々に数を増やしていった。背中と臀部《でんぶ》の斑紋は特に多かった。えぐれるほどに凹んでいた腹部は、内部で発生したらしいガスによって栄養失調の子供のように膨らみ始めていた。そして、夏来の体からは茹《ゆ》で卵を腐らせたような悪臭が立ち上り始めていた。

それはもはや、夏来ではなかった。

そう。わたしの夏来は本当に消えてしまったのだ。

四日後の朝、わたしはようやく夏来から離れ、スマートフォンを手に取り、警察に通報した。

すぐにパトカーのものらしきサイレンの音が聞こえ、その音がどんどん近づいてきた。

わたしは再び夏来に歩み寄った。

「すまなかった、夏来……すまなかった……すまなかった……」

わたしは呻《うめ》くかのように繰り返した。わたしの目からは大粒の涙が流れていた。もちろん、夏来が許してくれるとは思っていなかった。

できることなら、時間を巻き戻したかった。夏来を殺す前に戻りたかった。

けれど、もし、時間を巻き戻すことができたとしても、わたしはまた同じことをするだろうと確信していた。

そうなのだ。わたしはそれほど罪深い男なのだ。

12

下村秀一が顔を上げ、英太郎をじっと見つめた。その目には涙が光っていた。

「下村さん、これがその時に描いた絵ですね？」

そう言うと、英太郎は下村秀一の自宅から証拠品として押収されたスケッチブックを広げた。

スケッチブックにはどのページにも、若く美しい裸の女が描かれていた。痩《や》せていて、手足がとても長く、ウェストがくびれていて、ファッションモデルのようにスタイルのいい女だった。女はどの絵でもその目を閉じていた。

「下村さん、この絵を描いている時、あなたは性的な高ぶりを感じたと言いましたが、それは本当ですか？」

涙ぐんでいる男に英太郎は尋ねた。

その言葉に、男がゆっくりと、だが、深く頷《うなず》いた。

「ええ。まるで絵筆の先で娘の体を愛撫《あいぶ》しているような気持ちになりました」

英太郎は無言で首を左右に振った。『理解できない』という意思表示をしたつもりだった。けれど、心の中では目の前にいる画家のことを『羨《うらや》ましい』と感じていた。

そう。英太郎は羨んでいたのだ。

そのことを英太郎自身が意外に感じた。

だが、そうなのだ。まだ高校生の娘を絞め殺し、三日三晩にわたってその死体を描き続けた男のことを、英太郎は羨ましいと思ったのだ。自分は真っ当な人間だと思い込んでいた英太郎が、羨ましいと感じたのだ。

こういう変態と長く接していると、こっちの頭までおかしくなる。

そう考えた英太郎は、きょうの取り調べをここで切り上げることにした。

「下村さん、お疲れ様でした。きょうの取り調べはここまでにします」

「あの、刑事さん……その絵を返してもらえませんか？」

遠慮がちに男が言った。

「駄目です。これは証拠品ですから、今はお返しできません」

少し強い口調で英太郎が言い、娘殺しの画家が納得できないような顔をしながらも頷いた。

補佐官を務めた白井亮太が立ち上がり、下村にも立つように言った。下村はもう一度、英太郎を一瞥《いちべつ》し、小さく頭を下げてから、白井亮太と一緒に取調室を出ていった。

ひとり残された英太郎は、証拠品のスケッチブックをもう一度広げた。そして、そこに黒い鉛筆で描かれた美しい裸の女を、瞬《まばた》きの間さえ惜しむようにしてまじまじと見つめた。

それにしても、ものすごい絵だな。あの男の情念が、紙の中からふつふつと湧き上がってくるかのようだ。

唇を嚙《か》み締めて英太郎は思った。絵心のない英太郎が、絵画を見てそんなふうに感じたのは初めてだった。

絵の少女は死体のはずだった。けれど、今にも動き出しそうにさえ見えた。

なおも英太郎は、スケッチブックに鉛筆で描かれた下村の娘を凝視し続けた。見つめているうちに、男性器がゆっくりと膨張し始めるのが感じられた。

高ぶっている？

どうやら、そのようだった。

絵を見て高ぶるのもまた、覚えている限り、初めてだった。

そして、英太郎はその絵をあとでこっそりとコピーし、そのコピーを自宅に持ち帰ろうと決めた。

それは刑事としての職権の範囲を超えていた。厳密に言えば、違法行為だった。

けれど、今、英太郎はそれをしようとしていた。それほどに、その絵と離れ難かったのだ。

俺はこんな男じゃなかったはずだ。きっと……きっと、取り調べの最中に、下村という男の異常さが、真っ当な俺に乗り移ったんだ。

英太郎は自分にそう言い訳をした。

あるいは、英太郎の考える通りだったのかもしれない。少なくない刑事たちが、凶悪事件の捜査ではPTSDのような症状に陥っていた。

だが、もしかしたら、英太郎もまた下村と同じ側の人間だったのかもしれなかった。

英太郎があえて目を背けようとしているだけで、自分は健全で真っ当だと信じたがっている彼の中にも、おぞましくて忌まわしい魔物のようなものが棲《す》みついているのかもしれなかった。

秋の章

目のない魚

1

畳に換算すれば十二畳ほどの取調室の壁にはいくつかの窓があった。どれも小さな窓で、そのすべてに曇りガラスが嵌《は》められていたから、室内から外の景色を見ることはできなかった。

その小さな窓のひとつに歩み寄ると、長谷川英太郎は扉のようになっているそれをゆっくりと押し開けた。

その瞬間、街の喧騒《けんそう》とともに、ひんやりとした晩秋の空気が室内にふわりと流れ込んできた。乾燥したその空気は微《かす》かに埃《ほこり》っぽくて、落ち葉を焼いているようなにおいが仄《ほの》かにした。

今年は夏が長くて、秋の訪れが遅かった上、秋の冷え込みも弱かった。だが、ここ数日の日本列島は強い寒気団にすっぽりと覆われ、冬がもうすぐそこまで来ているという気配が一気に濃くなっていた。

「もう秋も終わりだな……」

誰にともなく呟《つぶや》くと、英太郎は窓の向こうをじっと見つめた。

英太郎は決してセンチメンタルな人間ではなかった。それでも、一日ごとに日が短くなっていくこの季節には、毎年、少し寂しさを感じるものだった。

警察署のすぐ隣にある公園では、さまざまな樹木が色づいていた。警察署の前の通りの銀杏《いちょう》並木の葉は、どれも黄色く染まっていた。風が吹くたびにその葉がはらはらと舞い落ち、路上は黄色の絨毯《じゅうたん》を敷いたかのようになっていた。

窓の外を見ている英太郎の背後でノックの音がした。英太郎は反射的に振り向き、「どうぞ」と答えながら窓を閉めた。

取調室にひとつしかない鉄製のドアがすぐに開かれ、そこから補佐官にともなわれた容疑者が姿を現した。きょうの容疑者は二十五歳の元作業員の男だった。男は緑色をしたチェック柄のフランネルのシャツに、少し膝《ひざ》の出た黒いコーデュロイのズボンを穿《は》いていた。伸び始めた髪はボサボサで、前髪が目にかぶさりかけていた。

きょう、補佐官としてこの取り調べに同席するのは、英太郎と同じ刑事課に所属する秋本由香《あきもとゆか》という二十八歳の女性警官だった。二年ほど前に刑事課に配属された秋本由香は少し気の強そうな顔立ちの美人で、真面目で仕事熱心で事務処理能力に長《た》けた女性だった。秋本由香はきょうもすらりとした長身の体を、ぴったりとした黒いパンツスーツに包んでいた。

容疑者の男と補佐官の秋本由香がそれぞれ席に着くのを待って、英太郎も容疑者の向かい側の椅子にゆっくりと腰を下ろし、その顔をまじまじと凝視した。

真向かいに腰掛けている容疑者と、英太郎の視線が一瞬交わった。だが、次の瞬間、容疑者が慌てたように目を逸《そ》らして顔を俯《うつむ》かせた。

容疑者は小柄で色白で、少し太り気味で、見るからに気の弱そうな男だった。男は丸顔だったけれど、それ以外には特徴らしい特徴のない平凡な顔をしていた。ほんの少し目を逸らしたらすぐにその顔を忘れてしまいそうで、手配用の似顔絵を描くのが難しそうだった。

英太郎が手にしている書類によれば、スーパーマーケットのパートタイム従業員だった容疑者の母は、彼がまだ六歳の時に、同じ店舗でアルバイトをしていた大学生と駆け落ちをしたようだった。容疑者は建設現場で作業員として働いていた父に育てられたが、ひどく乱暴で喧嘩《けんか》っ早かったというその父から、実に頻繁に暴力を受けていたらしい。近所に暮らす人々が児童相談所に通報し、その後の容疑者は養護施設で育てられたのだという。

その不幸な境遇に、英太郎はいくらか同情を寄せていた。

犯罪者は犯罪者として生まれるのではなく、その育った境遇が普通の人間を犯罪者にするのだというのが、警察官としての英太郎の考え方だった。少なくとも、人前での彼は、いつもそう発言していた。

けれど、刑事として凶悪な犯罪者たちと関わり続けているあいだに、その考えは少しずつぐらつき始めていた。この世には、生まれながらの犯罪者というものがいるような気がしてきていたのだ。

それでも、英太郎が人前でそれを口にすることはなかった。それは『正義の使者』の考えることではなかったから。

それにしても、こんな大人しそうな男に、人を殺すことができるのだろうか？

特徴に乏しい男の顔を、じっと見つめ続けながら長谷川英太郎は思った。

だが、この男はやったのだ。ひどく気の弱そうなこの男もまた人殺しなのだ。それだけでなく、その手で命を奪った若い女の死体を自分の部屋のベッドに横たえ、半月ものあいだ、その死体を撫《な》でまわし続けていたとてつもない変質者なのだ。

容疑者の名は石橋秋生《いしばしあきお》。年は二十五歳だった。だが、丸顔のせいか、それよりはもっと幼く見えた。工業高校を十八歳で卒業してから逮捕されるまで、石橋秋生は京浜《けいひん》工業地帯にある小さな金属加工工場で作業員として働いていた。

石橋秋生の逮捕容疑は殺人と死体遺棄だった。アパートの隣の部屋に住んでいた遠山《とおやま》渚《なぎさ》という十九歳の少女の首を絞めて殺害し、その死体を自室に運び込んで、半月にわたって放置していたという容疑で逮捕された。

同じアパートの住人から『異臭がする』という通報を受け、大家とともに警察官が石橋の部屋を訪ねて石橋の犯行が発覚した。

その時、少女の遺体は全裸のまま小さなベッドに横たえられていて、かなり腐敗が進行していたという。

「それでは、石橋さん、取り調べを始めます。よろしいですね？」

いつものように、英太郎は丁寧な口調で容疑者に尋ねた。

「はい。お願いします」

顔を俯かせた石橋秋生が答え、その言葉を英太郎の右側に座った秋本由香が、細い指をしなやかに動かしてパソコンに打ち込んだ。

「それでは、石橋さん、あなたが遠山渚さんと知り合ったところから話していただけますか？」

やはり丁寧な口調で英太郎が言い、石橋秋生が小声で「はい」と言って顔をあげた。

英太郎に向けられた男の視線には、不安と怯《おび》えがないまぜになっているように見えた。

2

都内の工業高校を平凡な成績で卒業した僕は、学校の紹介で川沿いの工業地帯に林立している小さな工場のひとつに就職した。従業員が十人に満たない、すごくちっぽけな金属加工工場だった。

その工場は本当に古くて、汚らしくて、いつも機械油と金属のにおいが立ち込め、機械音がやかましく響いていた。働いているのは、むさ苦しい中年男と、パートタイマーの中年女ばかりだった。

その小さな町工場で、僕は会社から支給された作業着に身を包んで、来る日も来る日も働いていた。僕の仕事は主にアルミニウム製品の加工で、誰にでもできるようなつまらない作業ばかりだった。遠山渚と知り合った頃の僕は、会社が用意してくれた古くて薄汚れた木造のアパートに住んでいた。

あの頃の僕の人生には、楽しみというものがひとつもなかった。

月曜日から金曜日まで、僕は朝の六時に、薄汚れた四畳半にけたたましく鳴り響くアラームの音で目を覚ました。そして、アパートから徒歩十五分ほどの工場に行って機械と一緒に働き、ほかの作業員たちと一緒に仕出し弁当を食べ、機械相手の単調な仕事がようやく終わるとまた歩いて自分のアパートに向かい、その帰り道にある弁当屋で買った焼肉弁当や唐揚げ弁当をアパートで食べ、風呂《ふろ》に入って眠るということを繰り返していた。

工場が休みの週末には、近くのコインランドリーで一週間分の洗濯をし、スーパーマーケットやコンビニエンスストアに日用品を買いに行った。けれど、ほかには特にすることもなく、ゲームをしたり、テレビを見たり、漫画を読んだり、ゴロゴロしたりして週末をすごした。

胸をときめかせるような出来事は何もなかったし、楽しみにしていることも何もなかった。夜にはいつも、缶チューハイや缶ビールを少し飲んだけれど、それだって、楽しみというわけではなかった。

楽しみのまったくない生活なんて、普通の人には考えられないのかもしれない。けれど、僕はそうではなかった。生まれてから、楽しい思いをしたことが一度もない僕にとっては、退屈なその暮らしが当たり前のことだったのだ。

真っ暗な洞窟《どうくつ》に生きる目のない魚が光を恋しがることがないように、楽しみを知らない僕もまた、楽しいことを求めたりはしなかった。

そう。僕はまさしく目のない魚だったのだ。光の存在さえ知らない、暗闇の生き物だったのだ。

そんな僕が遠山渚と出会ったのは、今から半年ほど前、街のあちらこちらに植えられたソメイヨシノが満開の頃だった。週末ごとに立ち寄っていたコンビニエンスストアで、遠山渚がアルバイト店員として働いていたのだ。

いや、あの頃、僕が知っていたのは、彼女の名札に書かれていた『遠山』という名字だけで、『渚』という下の名前まではわからなかった。

遠山渚の姿を初めて目にした瞬間、僕は雷に打たれたように感じた。心臓が猛烈に高鳴り、全身の毛穴からいっせいに汗が噴き出した。

一目惚《ひとめぼ》れ？

たぶん、そうなのだろう。僕は遠山渚に一目惚れしてしまったのだろう。

そう。遠山渚という少女は、僕の目には絶世の美少女のように映った。

彼女は明るくて、にこやかで、元気そうで、とても健康的な雰囲気の少女だった。くりくりとした大きな目と、ふっくらとした唇のあいだから覗《のぞ》く八重歯が特に魅力的だった。

遠山渚はふくよかで肉感的な体つきをしていた。豊かに張り出した胸が、コンビニエンスストアの制服を高く押し上げていた。

店での彼女はいつも、ウェーブがかかった長い黒髪をバレッタで束ね、濃くはないけれど丁寧な化粧を施していた。爪にはいつも淡い色のマニキュアが施されていた。女の歳は僕にはよくわからなかったけれど、二十歳前後だろうと感じた。

そのコンビニエンスストアは勤務先の工場とは逆の方向にあったから、かつての僕は週末にしかそこに足を運ばなかった。けれど、遠山渚がその店でアルバイトをするようになってからは、彼女の姿が見たくて、毎日のようにそこに通った。そして、店に彼女がいる時は胸をときめかせ、いない時にはひどく落胆して肩を落とした。

3

毎日のように顔を出すので、彼女も僕のことを覚えてくれたようで、すぐに僕が店に入ると、「こんにちは」と声をかけてくれるようになった。

「こんにちは」

そう言って僕を見る彼女の顔には、言葉にできないほど親しげな笑みが浮かんでいた。レジで支払いをする時にも、彼女はとても素敵な笑顔を見せてくれた。

「いつもありがとうございます。気をつけてお帰りください」

僕の目を真っ直ぐに見つめて、彼女はいつもにっこりと微笑んだ。そんなふうに笑うと、柔らかそうな唇のあいだから白い八重歯が覗いた。

その素敵な笑顔を見るたびに、僕は激しく胸を高鳴らせた。女性からそんな笑みを向けられるのも、そんな優しい言葉をかけられるのも、それまでの人生にはただの一度もなかったことだった。

僕は一日も欠かさずコンビニエンスストアに通った。月曜日と水曜日には彼女の姿が見えないこともあった。けれど、店にいることもあったから、たとえ何曜日であったとしても、行かないわけにはいかなかった。

かつての僕はいつも、いつもどうでもいいような恰好《かっこう》をしていた。けれど、遠山渚のいるコンビニエンスストアに通うようになってからは、清潔でさっぱりとした服を身につけて行くようになった。

僕は弁当屋に立ち寄るのをやめ、毎日の夕食をコンビニエンスストアで買うようになった。彼女が店にいない時に買うのは弁当や惣菜《そうざい》などだけだったが、彼女がいる時には、それまでなら買わなかったようなものを買った。

遠山渚に上品な男だと思われたくて、僕はコンビニエンスストアで花を買った。おしゃれな男だと思われたくて、男性ファッション誌を買った。読書家だと思われたくて、興味のない分厚い小説を買った。お金には不自由していないと思われたくて、店ではいちばん高価なワインやウィスキーを買った。やはり同じ理由から、いちばん高価な紅茶やコーヒーを買い、いちばん高価な牛肉を買い、その味も使い方も知らないのにトリュフバターや外国製の岩塩を買った。パソコンなんて持っていないのに、パソコンができると思われたくて、パソコンについての雑誌まで買った。

もはや僕は目のない魚ではなかった。

そう。僕は知ってしまったのだ。光というものがどれほど素晴らしいものなのかということを、遠山渚から教えてもらったのだ。

僕に対する遠山渚の態度は、日を追うごとにさらに親しげになっていった。

彼女は棚からなくなっていた僕の好みのカップ麺《めん》を、わざわざ倉庫に行って探してきてくれた。雑誌をコピーしようとして用紙が詰まった時には、彼女が駆けつけてきて、悪戦苦闘の末に詰まった紙を取り除いてくれた。

一度、僕が店で買い物をしている時に、急に激しい雨が降り始めたことがあった。傘を持っていなかった僕は、扉のところに呆然《ぼうぜん》と立ち尽くし、鉛色の雲に覆われた空を見上げて溜《た》め息を漏らした。

そんな僕に遠山渚が笑顔で歩み寄ってきた。

「傘をお持ちでないんですか？」

可愛らしい顔に親しげな笑みを浮かべ、唇のあいだからあの八重歯を覗かせて彼女が尋ねた。

「はい。そうなんです。雨が降るとは思わなくて……でも、あれを買うから気にしないでください」

店で売られているビニール傘を指差し、僕もまた笑顔で答えた。

昔から僕は人と話すのが苦手で、思っていることをうまく相手に伝えることができなかった。異性と話すのは特に苦手だった。けれど、毎日、親しげな笑みを見せてくれる彼女にだけは、割と普通に話をできるようになっていた。

「わざわざ買わなくても……そうだ。わたしの傘をお貸しします」

そう言うと、彼女は僕の返事も待たずに店の奥に姿を消した。そして、すぐにピンクの傘を手にして僕の前に戻ってきた。

「これ、使ってください。返すのはいつでもいいです」

明らかに女物だとわかるピンクの傘を、僕の前に差し出して彼女が言った。

「でも、あの……傘がないと、あの……あなたが困るでしょう？」

「大丈夫です。こんな雨、きっとすぐにやみますよ。だから、持っていってください」

傘を僕に押しつけるようにして彼女が言い、僕は「ありがとうございます、遠山さん」と言って傘を受け取った。その瞬間、ふたりの手が微《かす》かに触れ合った。

彼女に触れるのも、『遠山さん』と呼ぶのも初めてで、僕の顔は自分でもわかるほどに赤くなっていた。

遠山渚が貸してくれたのはビニール傘だったけれど、コンビニエンスストアで売っているような素っ気ないものではなく、ドーム型をした頑丈そうなもので、淡いピンク地に濃いピンクの桜の花びらが無数に印刷されていた。

その日、僕は遠山渚から借りたピンクの傘をさし、土砂降りの雨の中をスキップでもしたいような気持ちで自分のアパートに向かった。

彼女は僕が好きなのだ。少なくとも、僕に親しみを覚えているのだ。

あの日、僕はそれを確信していた。

4

遠山渚への想いは、日を追うごとにますます募っていった。

ある日、僕はコンビニエンスストアでの買い物をしている時に、中年の女性アルバイト店員が彼女のことを『なぎちゃん』と呼ぶのを耳にした。

なぎちゃん？

きっと彼女はなぎさという名なのだ。なぎさは『渚』だろうか？ 平仮名で『なぎさ』だろうか？ それとも、もっと別の漢字で書くのだろうか？

いずれにしても、彼女の名前がわかったことが僕には嬉《うれ》しかった。そして、僕の『石橋』という苗字《みょうじ》に彼女の名前をくっつけ、彼女が『石橋なぎさ』になる日が来ることを夢想した。

そう。その頃には、僕は彼女を自分の妻にしたいと考えていたのだ。その可能性が、なくはないように感じ始めていたのだ。

彼女の名を知ったことで、僕の想いはさらに募った。そして、彼女についてもっと多くのことを知りたい、と考えるようになっていった。

湧き上がる彼女への想いに突き動かされて、僕はコンビニエンスストアのすぐそばの物陰で、勤務を終えた彼女が外に出て来るのを待った。長かった梅雨がようやく終わった頃のことだった。

店は二十四時間営業だったから、彼女の勤務がいつ終わるのかはわからなかった。だが、獲物を待ち伏せる肉食獣のように根気よく、辛抱強く、僕は待ち続けた。

やがて、私服姿の彼女が店の前に姿を現した。夜の十時を少しまわった時刻で、僕が待ち伏せを始めてから三時間以上が経過していた。

その姿を目にした瞬間、僕は凄《すさ》まじいまでに胸を高鳴らせた。

私服姿の彼女を目にしたのは、あれが初めてだった。

私服の彼女は、コンビニエンスストアの制服姿の時とは比べ物にならないほどに女の子っぽくて、目を逸《そ》らせなくなるほどに可愛らしかった。その姿はまさに、絶世の美少女だった。

あの晩の彼女は白いタンクトップに、踝《くるぶし》までの丈のサックス色のプリーツスカートを穿《は》いていた。足元はカラフルなビーチサンダルで、その爪は派手なペディキュアで彩られていた。

剝《む》き出しになった腕はふっくらとしていて、とても肉感的で言葉にできないほどになまめかしかった。その胸は制服の時より、さらに豊かに見えた。

彼女はいつもバレッタで束ねている長い黒髪を下ろしていて、その髪がタンクトップの背中で右に左にと揺れていた。彼女が足を運ぶたびに、プリーツスカートの裾《すそ》がひらひらとなびいた。

静まり返った夜の街に、ビーチサンダルの音をペタペタと響かせて、彼女は弾むような足取りで歩道を歩き続けた。そんな彼女の十数メートルあとを、僕は足音を忍ばせるようにしてこっそりと歩いた。

五分ほどで彼女は足取りを緩め、アパートのような建物に入って行った。僕が暮らしているような古くて薄汚れたアパートではなく、ちょっと洒落《しゃれ》た造りの真新しい建物だった。

そう。このアパートに彼女は住んでいるのだ。

彼女はアパートの一階に並んでいるステンレス製のメールボックスのひとつの扉を開き、そこから郵便物らしいものを取り出した。そして、スカートをひるがえしながら鉄製の階段を上がり、二階の外廊下を歩き、いくつも並んだドアのひとつを開けて中に入った。

僕はすぐにメールボックスに駆け寄り、彼女が開いた扉に貼られた白いプラスティック製のプレートを確認した。そこには『204　遠山渚』と書かれていた。

なぎさは、やはり『渚』だったのだ。

それからの僕は用もないのに、ほとんど毎晩、遅い時刻にそのアパートに行った。そして、アパートの南側に面した道路を何度も行ったり来たりし、『204号室』のものと思われる窓をじっと見つめた。

その窓にはいつもピンクのカーテンがかけられていたから、室内を覗《のぞ》き込むことはできなかった。それでも、たいていの時、その窓には明かりが灯《とも》っていて、カーテンの向こうで人影が動いているのが見えることもあった。

影が動くたびに、僕はまた胸を激しく高鳴らせた。その影は彼女のものに違いなかった。

夜ごとに彼女のアパートの前を歩きまわる傍ら、僕はスマートフォンで不動産会社にアクセスし、彼女が暮らしているアパートに空き部屋がないかを調べた。

そう。彼女と同じアパートに引っ越したいと思ったのだ。

調べてみると、彼女が住むアパートは単身者専用で、どの部屋も１ＬＤＫの間取りのようだった。家賃はそんなに高くはなかったけれど、僕が寮費として会社に払っている金額の二倍ほどだった。

そんなに都合よく、ことが運ぶとは思っていなかった。僕は昔から、とても運のない男だったから。

けれど、運は珍しく僕に味方をした。あのアパートに空きが出たのだ。

あろうことか、空きが出たのは彼女の部屋のすぐ隣、『２０５号室』だった。

5

自分が殺害した少女について語り続ける容疑者に頷《うなず》きながら、長谷川英太郎は石橋秋生という二十五歳の容疑者の極めて平凡な顔を見つめていた。

この男は本気で、自分がその少女に好かれていると考えたのだろうか？　鏡を見たことが本当にあるのだろうか？

心の中で英太郎は思った。

この事件の被害者、遠山渚という少女は、アイドルタレントになることを夢見て芸能プロダクションに所属し、そこで歌やダンスや演技のレッスンを受けていたようだった。遠山渚の写真は、彼女の Instagram や Twitter で英太郎も目にしていた。

写真の遠山渚は決してブスではなく、笑った顔はなかなか魅力的にも感じられた。だが、容疑者が言うような『絶世の美少女』ではなく、英太郎の目には十人並みの容姿の持ち主に映った。

それでも、その少女と目の前にいる容疑者とでは、あまりにも釣り合わないような気がした。

そう。石橋秋生という容疑者は、それほどに冴《さ》えない男なのだ。

そんなにも冴えない男を好きになる女がいるとは、どれほど好意的に考えてもあり得ない気がした。

けれど、そうなのだ。石橋秋生は少女が自分を好いていると錯覚していたのだ。いつかは少女が自分の気持ちを受け入れてくれると思い込んでいたのだ。

おめでたい男だな。

英太郎はそんなことも思った。だが、そういうことはそれほど珍しいことではなく、妄想に駆られた男たちが自分の姿形を顧みず、女を執拗《しつよう》につけまわすという案件は、これまでに英太郎も何度となく経験していた。

「石橋さん。ちょっといいですか」

夢中で喋《しゃべ》り続けている石橋秋生を制して、英太郎は口を開いた。「コンビニエンスストアでちょっと話しただけの女性を追いかけて引っ越しまでするなんて、石橋さんは異常なことだとは思わなかったんですか？」

「思いませんでした」

石橋秋生が英太郎に視線を向け、少し強い口調で即座に答えた。「なぎちゃんは……僕が初めて好きになった女性でした」

補佐官の秋本由香がキーボードを打つ手を止めて、石橋の顔をじっと見つめた。口にはしなかったが、彼女もまた英太郎と同じことを考えているようだった。

「初めて好きになった？　石橋さん、それまであなたは人を好きになったことが一度もなかったのですか」

英太郎の言葉を聞いた石橋秋生が、取調室に視線を巡らせるような仕草をした。きっと、過去のことを思い出しているのだろう。

「いいえ。あの……今の発言は撤回します。あの……中学でも高校でも、素敵だなと思った子は何人かいました。確かに、いました。けれど……向こうが僕なんかを好きになるはずがないし……」

おずおずとした口調に戻った石橋秋生が答えた。

「そういう女性たちと、遠山渚さんは違うんですか？」

英太郎は少し意地悪な気持ちで容疑者への質問を続けた。

自分ではっきりと意識していたわけではなかったが、昔から女たちによくモテた英太郎は、心のどこかで容疑者を見下していたのだ。

「違います」

今度はまた、即座に石橋秋生が答えた。

「違う？　どこが違うのですか」

容疑者のほうに少し身を乗り出して英太郎は訊《き》いた。

「あの……違うと思ったんです」

またおずおずとした口調で容疑者が言った。

「ですから、それはどうしてなのですか？」

「だって、あの……なぎちゃんは僕に、あの……にっこりと笑いかけてくれたし……あの……優しい言葉もかけてくれたし……自分の傘も貸してくれたし……だから、あの……もしかしたら、なぎちゃんも僕を好きなのかもしれないと思ってしまったんです」

かなり言いにくそうに石橋秋生が言った。その顔には再び、道に迷った子供のような頼りなげな表情が甦《よみがえ》っていた。

容疑者の言葉に、英太郎は満足して頷いた。

被害者が自分を好きだというのは、単なる思いすごしだった、ただの勘違いだったということは、今では容疑者にもよくわかっているはずだった。

「お話を中断させてしまって、すみません。石橋さん、どうぞ続けてください」

丁寧な口調で英太郎が言い、石橋秋生が唇を舐《な》めながら小さく頷いた。

6

不動産屋の担当者によれば、遠山渚が住んでいるアパートはデザイナーズ物件だということで、外装も内装もなかなか洒落ていて、それまで会社の寮として僕が住んでいた部屋とは、比べ物にならないほど快適そうな造りだった。そのアパートには十四の部屋があるようだったが、どの部屋も南を向いていたから日当たりがとてもよかった。

そのアパートの『205号室』に引っ越しをしたその日、室内にまだ段ボール箱が無数に積み上げられている時に、僕は近くの高級スーパーマーケットに行き、ブランド名は知っているけれど口にしたことのない高価な洋菓子を買った。そして、その夜、部屋の片付けの途中で、その洋菓子を持って隣の『204号室』に挨拶《あいさつ》に行った。

彼女が在宅だということはわかっていた。お洒落《しゃれ》な外見とは裏腹に、そのアパートは安普請で、壁もかなり薄いようで、隣の『204号室』から人の声がよく聞こえたからだ。

『204号室』のドアの前に立った僕は、激しく胸を高鳴らせながら、インターフォンのボタンを押した。

とても蒸し暑い日だった。徒歩十五分ほどのスーパーマーケットを往復したせいで、僕はかなり汗ばんでいた。

『あれっ？　あの……どうされたんですか？』

モニターに映った僕の顔を見たらしい彼女の声が聞こえた。かなり怪訝《けげん》そうな声だった。

店の客でしかない僕が、自分の部屋を訪ねて来たことに、渚はびっくりし、警戒しているようだった。

「あの……隣の205号室に部屋に越してきた石橋といいます。あの……引っ越しのご挨拶に来ました」

僕は『204号室』の住人が彼女だとは知らないというフリをした。僕が越してきたのは、ただの偶然だということを装うつもりだった。

やがて目の前のドアが静かに開いた。

そこに彼女がいた。僕の愛する人が、少し戸惑ったような顔をして佇《たたず》んでいた。あの日の彼女はぴったりとしたパステルブルーのタンクトップに、やはりとてもぴったりとした白いジーパンという恰好《かっこう》をしていた。

「あっ」

僕は目をいっぱいに見開き、ひどく驚いたような声を出した。「ここは、あの……遠山さんの部屋だったんですか？　こんな偶然があるものなんですね」

「偶然？　ということは、たまたま、お隣に引っ越されてきたんですか？」

僕の目を見つめて彼女は言った。化粧っけはなかったけれど、その顔はやはりドキドキするほどに可愛らしかった。しつこいようだが、まさに絶世の美少女だった。あの日の彼女は素足で、足の指には先日見た時とは違う色のペディキュアが塗られていた。

「ええ。たまたまです。お隣に住んでいるのが遠山さんだったなんて、本当にびっくりしました。あの……これから、よろしくお願いします」

顔が真っ赤になるのを感じながら僕は夢中でそう言い、手にしていた洋菓子の箱を彼女のほうに差し出した。「あの、これ……つまらないものですけど、引っ越しのご挨拶です」

「そんな……わざわざありがとうございます。こちらこそ、よろしくお願いいたします」

淡い色のマニキュアを光らせて、彼女が洋菓子の箱を受け取った。

その瞬間、僕はかつてないほどの幸福感に包まれた。

けれど、その直後に、その幸福感はあっけなく打ち砕かれた。部屋の奥からむさ苦しい大男がのっそりと姿を現したからだ。

昔から、僕は体の大きな男が苦手だった。それだけで威圧されてしまうのだ。

思い出してみれば、建設現場の作業員だった僕の父もまた、体が大きなむさ苦しい男だった。幼い頃、その父に僕はさんざん罵《ののし》られ、小突かれ、蹴飛《けと》ばされ、髪を鷲摑《わしづか》みにされて往復ビンタを浴びせられたのだ。

僕は家族を捨てた母のことを今も恨んでいる。けれど、あんながさつで乱暴な父といられなくなった気持ちは、今では少しはわかるような気もしていた。

「あっ、あの……わたしの……兄です。ここで一緒に住んでいるわけじゃなくて、きょうはたまたまわたしを訪ねて来たんです」

慌てたように彼女が言った。

「お兄さんですか？　あの……隣の部屋に越してきた石橋といいます。よろしくお願いします」

目の前にいる大男を一瞥《いちべつ》して、僕は小さく頭を下げた。

けれど、男は頭を下げなかった。蔑《さげす》みの浮かんだ目で僕を一瞥し、バカにしたような笑みを浮かべながらほんの少し頷《うなず》いただけだった。

男は僕には一言も声をかけることなく、再び部屋の奥へと姿を消した。

がさつで乱暴そうなその男は、絶世の美少女である渚とは似ても似つかなかった。それでも、僕は兄だという彼女の言葉を信じようとした。このアパートには単身者しか住んでないと、不動産屋の担当者が言っていたから。

7

繰り返すようだが、デザイナーズだというそのアパートは、洒落た造りとは裏腹にかなりの安普請らしく、部屋と部屋とを隔てる壁もとても薄いようだった。

その壁に耳を押しつけてみると、隣の部屋で話す遠山渚と兄だという男の声がかなりよく聞こえた。隣室では今、テレビドラマを見ているらしく、そのドラマで今、何という俳優が喋《しゃべ》っているのかまで聞き取ることができた。

兄は声の大きい男で、彼女のことを『渚』と呼び捨てにしていて、『渚、ビールを頼む』とか『ウィスキーを飲むから、氷を持って来てくれ』などと命じていた。渚のほうは兄のことを『お兄ちゃん』ではなく、『けんちゃん』と親しげな口調で呼んでいた。

あの男は妹のアパートにいつまでい続けるつもりなのだろう？　いったい、いつになったら自分の家に帰るんだろう？

段ボール箱を開けて引っ越し荷物の片づけをしながら、祈るような気持ちで僕はそう思った。その男が渚の兄だということを、僕はかなり疑ってはいた。だが、本当に兄であって欲しいとも願っていた。

渚の兄だという男は、いつになっても帰っていかなかった。そのことが僕をひどく苛《いら》立《だ》たせた。

内心で密《ひそ》かに恐れていたその声が、ついに聞こえ始めたのは、夜の十一時をまわった頃で、僕はまだ荷物の片付けをせっせと続けていた。

僕は壁に歩み寄り、そこにギュッと耳を押しつけた。

『ああっ、けんちゃん……あっ、いやっ……あっ……うっ……いっ、ああっ……』

その声が何であるのかは、女性と交際したことが一度もない僕にもすぐにわかった。そう。それは女が喘《あえ》いでいる声だった。もっと正確に言えば、乳首を吸われたり、胸を揉《も》みしだかれたり、いきり立った男性器を体に深々と突き入れられたりして性的な快楽を覚えた女が、抑えきれずに出している声だった。

壁にぴったりと耳を押しつけたまま、僕は石のように全身を強張《こわば》らせた。

ある程度は予期していたとはいえ、実際にそれが聞こえ始めたことに、言葉にできないほど動揺し、衝撃を受けていたのだ。

そして、僕は完全に理解した。あのむさ苦しい男が遠山渚の兄なんかではなく、彼女の恋人なのだということ……それをしっかりと理解した。

『あっ、ダメよ、けんちゃん……あっ、いやっ……あっ……そこはダメっ……』

壁の向こうでは渚が絶え間なく喘ぎ続けていた。その生々しい喘ぎ声は、ふだんの可《か》憐《れん》な渚の姿からは想像できないほど激しく、ふだんの彼女からは想像できないほど淫《みだ》らだった。それは人間の声ではなく、罠《わな》にかかった獣がパニックに陥っているかのようにも聞こえた。

けれど、間違いなかった。その声は紛れもなく渚の声だった。快楽に突き動かされた渚の口から出ているものだった。

ああっ、何ていうことだっ……畜生っ……畜生っ……畜生っ……畜生っ……。

壁に耳を押し当てたまま、僕は心の中で呻《うめ》きをあげた。そして、汗ばんだ拳《こぶし》を強く握りしめ、ギリギリという音が聞こえるほど強く奥歯を噛《か》み締めた。

その音は薄い壁のすぐ向こうから聞こえた。だから、快楽に歪《ゆが》んでいるに違いない渚の顔は、おそらく今、この壁のすぐ向こう側、どんなに離れていても五十センチ以内、もしかしたら、十数センチのところにあるのだろう。

諦《あきら》めるべきだということは、頭ではよくわかっていた。諦めることに、僕は慣れているはずだった。僕の人生は、諦めることの連続だったのだから。

諦めろ。諦めろ。彼女のことは、もう忘れてしまえ。

なおも壁に耳を押しつけ続けながら、僕は自分に必死でそう言い聞かせた。

けれど、諦められなかった。渚のことだけは、どうしても、どうしても諦めきれなかった。

いつか僕のものにしてやる。いつか、いつか絶対に、渚を自分のものにしてやる。

あの夜、さらに強く壁に耳を押しつけて、僕はそう心に誓った。

すぐに僕はスマートフォンで通信販売サイトにアクセスし、そこで高性能だという盗聴器を購入した。直径十センチほどのラッパ型をした樹脂製の集音器を、壁に押しつけて使用するタイプのものだった。盗聴器と一緒にその音を増幅させるためのアンプと、その音を聞くためのヘッドフォン、それにその音をディスクに記録しておくための機器も買い揃えた。

その晩、間もなく零時になろうかという時刻に、また壁の向こうから渚の声が聞こえ始めた。

僕は猛烈に心臓を高鳴らせながら壁に歩み寄り、ラッパ型をした集音器を壁にギュッと押しつけた。そして、ヘッドフォンをつけ、アンプが拡声した隣室からの物音を聞いた。同時に、その音をディスクに記録した。

『あっ……うっ……ああっ、いいっ！　あっ……いっ……感じるっ！　そこ、ダメっ！　あっ、いいっ！　あっ、いやっ！　けんちゃん、ダメっ！　あっ、感じるっ！　感じるーっ！』

その盗聴器はなかなか性能がいいようで、獣のように喘ぎ悶《もだ》える渚の声が、まるでここにいるかのようにはっきりと僕の耳に届いた。

聞こえて来たのは、渚の声だけではなかった。あの男の息遣いも聞こえたし、あの男が渚を呼ぶ声や、『どうだ、渚、感じるか?』『ここはどうだ?』『次はどうして欲しい?』などと、声を弾ませて訊《き》いている声も聞こえた。肉と肉とが激突する鈍い音も絶えず聞こえた。

渚がほかの男に凌辱《りょうじょく》されているということが悔しかった。悔しくて、悔しくて、たまらなかった。

だが、それにもかかわらず、僕の股間《こかん》では男性器が急激に膨張していった。

渚の喘ぎ声は二十分か、それ以上にわたって続いた。そして、一際大きな声を張り上げて、それは急に終わった。


高性能の盗聴器で初めてふたりのセックスを盗み聞きした翌日も、僕は何食わぬ顔をしてコンビニエンスストアに買い物に行った。すると、その日もそこで、制服を身につけた渚が甲斐甲斐《かいがい》しく働いていた。

「あっ、石橋さん、いらっしゃい」

僕を目にした渚が、棚に弁当や惣菜《そうざい》やおにぎりを並べながら笑顔で言った。渚に『石橋』という名を呼ばれたのは、それが初めてだった。

名前を呼ばれたことに僕はひどく胸を高鳴らせた。感激のあまり、涙ぐみそうになったほどだった。

「先日はご馳走様《ちそうさま》でした。あのお菓子、すごく美味《おい》しかったです」

商品を並べる手を止め、くりくりとした大きな目で僕を見つめた渚が無邪気に笑った。そんなふうに渚に話しかけられたことは嬉《うれ》しかった。けれど、いつもと同じように振舞うことは、容易なことではなかった。

今はこんなふうに無邪気に笑っているけれど、夜の彼女は別人になるのだ。あの男に唇を貪《むさぼ》られ、男性器でその体を何度も貫かれ、この大きな胸を揉まれ、乳首を吸われ、あの男の名を繰り返し呼びながら、獣のように激しく喘ぎ悶えているのだ。

そう考えると、強い苛立ちと猛烈な嫉妬《しっと》心、それに、怒りにも似た感情が込み上げ、全身がカッと熱くなった。


断っておくが、僕が録音を始めるのは、いつも渚が性的な声を上げ始めてからで、そのほかの時は、盗聴器を使ってふたりの会話などを盗み聞きはしたけれど、それをディスクに記録するようなことはしなかった。

隣室のふたりは毎日のようにセックスをした。一晩のうちに、二度にわたって交わることも少なくなかった。

そして、僕はそれを毎日のように盗聴し、その声をディスクに記録した。

壁のこちら側にいる僕には、激しく交わっているふたりの姿を見ることはできなかった。それでも、喘ぎ悶えている渚に、男が『おいっ、渚、四《よ》つん這《ば》いになれ』『今度は仰向《あおむ》けになれ』『もっと脚を広げろ』『おいっ、俺の上に跨《また》がれ』『もっと弾め。もっとだ』『咥《くわ》えろ』『口の中のものを飲み下せ』などと命じているのが聞こえたから、そういう行為を一度もしたことがない僕にも、ふたりが今、どんな恰好《かっこう》で交わっているのかを想像するのは容易なことだった。

『ああっ！　いやっ！　うっ……ああっ、ダメっ！　ダメよ、けんちゃん……あっ……そこ、すごく感じるっ！　ダメっ！　あっ、そこはいやっ！　そこはダメっ！　ダメっ！　ダメーっ！』

絶頂に達した渚はいつも、獣が吠《ほ》えているような凄《すさ》まじいまでの声をあげた。

僕はいつも隣の部屋から物音が完全に聞こえなくなってから、自分のベッドに入った。そして、録音したばかりの渚の声をヘッドフォンで聴きながら、自分が渚と交わっている姿を思い浮かべて自慰行為をした。毎晩、毎晩、それをした。

虚《むな》しかった。ひどく、ひどく、虚しかった。だが、同時に、喘ぎ悶える渚の声を聞きながらの自慰行為に、僕は激しく高ぶりもした。

8

殺人と死体遺棄の容疑で逮捕された石橋秋生の供述に無言で頷《うなず》きながら、長谷川英太郎は今、石橋がそれを聞いて夜ごとに自慰行為をしたという遠山渚の声を耳に甦《よみがえ》らせ、密《ひそ》かに男性器を硬直させていた。

石橋が隣室の声を記録した数十枚のディスクは本件の証拠物件として押収されていて、英太郎だけでなく、ほかの多くの捜査員が何度となくそれを再生していた。今、右隣に座っている秋本由香も聞いているはずだった。

生きていた頃の遠山渚を見たことはない。だが、Twitter や Instagram に本人がアップしている写真や動画を見る限りでは、大人しくて、奥ゆかしそうな少女にも感じられた。少なくとも、淫乱《いんらん》な印象は少しも感じられなかった。

けれど、再生された彼女の喘《あえ》ぎ声は、奥ゆかしそうなその姿からは想像もできないほど激しくて、生々しく、とてつもなく淫《みだ》らなものだった。

女性である秋本由香がどう感じたのかは、わからない。だが、遠山渚の喘ぎ声を聞いた男の捜査員の大半が、強い性的興奮を感じていたに違いなかった。少なくとも、長谷川英太郎は喘ぎ悶える被害者の声を聞くたびに、男性器が膨張し、やがては石のように硬直するのを抑えることができなかった。

彼らが暮らしていたアパートはなかなか洒落《しゃれ》た建物だった。だが、石橋秋生が言っているように、その造りはかなりいい加減で、壁も江戸時代の長屋のそれのように薄っぺらだった。だから、あれほどまでにクリアな音を記録することができたのだろう。

ディスクには喘ぎ悶えている遠山渚の声や、ふたりの息遣いだけでなく、肉と肉とが荒々しくぶつかり合っている音や、粘膜が擦《こす》れ合っているらしき音まで録音されていた。

石橋秋生も感じていたように、遠山渚の恋人だった須藤健一《すどうけんいち》という男は、少なくとも性行為の時にはかなり横暴で、恋人にさまざまなことを命令し、それを強要し、自分に服従させていた。

一方、遠山渚のほうは、たいていは従順に恋人の命令に従っていた。

須藤健一はオーラルセックスがかなり好きだったらしく、ほとんどのディスクにそれをさせている音が録音されていた。それはたいてい、三分ほどで終わった。だが、時には十分以上の長きにわたって、遠山渚にオーラルセックスを強いることもあったようだった。

石橋秋生の供述を聞きながら、英太郎はディスクに記録されていた音声を生々しく思い出した。

『おいっ、渚。俺の足元に跪《ひざまず》け。今度は口を使え』

四つん這いの姿勢を取らせた遠山渚を背後から徹底的に犯し、彼女に嗄《か》れるほど声を上げさせたあとで、須藤健一が極めて横柄な口調でそう命じた。

映像はないので見えはしなかったが、遠山渚はその命令に従い、床に仁王立ちになった男の足元に跪いたようだった。

『よし、咥えろ、渚』

須藤健一が、やはり横柄に命じた。

『けんちゃん、きょうはあまり乱暴にしないでね』

男の足元に蹲《うずくま》ったらしい遠山渚が、おそらくは、男を見上げてそう訴えた。

『始めろ、渚。早くしろ』

遠山渚の返事は録音されていない。だが、彼女は命じられるがまま、ふたりの体液にまみれた男性器を口に深く含んだようだった。性能のいい盗聴器は、女の唇と唾液《だえき》にまみれた男性器が擦れ合っている音を、実に鮮明に拾い上げていた。

くちゅ……くちゅ……くちゅ……くちゅ……くちゅ……くちゅ……。

唇と男性器が擦れ合う音のほかにも、口を塞《ふさ》がれた遠山渚が苦しげに漏らす、『んんっ』『うむっ』『うむうっ』などというくぐもった呻《うめ》きが聞こえた。

くちゅ……くちゅ……くちゅ……くちゅ……くちゅ……くちゅ……。

遠山渚の唇と須藤健一の男性器が擦れ合っている音は、少しずつピッチを早めていった。見えたわけではないが、須藤健一は恋人の髪を両手で鷲摑《わしづか》みにし、その顔を前後に荒々しく打ち振らせているようだった。

くちゅ……くちゅ……くちゅ……くちゅ……くちゅ……くちゅ……。

その音は五分以上にわたって続いたが、やがて喉《のど》を激しく突き上げられたらしい遠山渚がたまらずに男性器を吐き出し、ゲホゲホと激しく咳《せ》き込んだ。

『どうした、渚？　誰がやめていいって言ったんだ？』

『もう許して、けんちゃん……今夜はここまでにして……これ以上続けたら吐いちゃう』

頭上にある男の顔を見上げているらしい遠山渚が、少しかすれた声で訴えた。

『いいから、続けろ。言われた通りにしろっ！』

たぶん、いまだに恋人の髪を乱暴に鷲摑みにしたままの須藤健一が、相変わらず横柄な口調で命じた。

『今夜はもう、いやっ……お願い、許して……けんちゃん、お願い……』

遠山渚が声を震わせて哀願した。

『言われた通りにしろ、このアマっ！』

叫ぶような男の声がし、次の瞬間、盗聴器が『ぴしゃっ』という鋭い音を拾い上げた。

自分の足元に蹲っている遠山渚の頬を、須藤健一が平手で強く張ったようだった。

直後に、『ひっ』という女の声が聞こえた。それに続いて、すすり泣くような女の声もした。

『早く続けろ、渚っ！　お前は言われた通りにすればいいんだっ！』

『ああっ、けんちゃん……乱暴はやめて……お願い……今夜はもう許して……』

『いいから咥えろっ！』

怒鳴っているかのような男の声がし、直後に女の『うっ……むっ……んむうっ……』という呻きが聞こえた。男が硬直した男性器で女の口をこじ開け、それを口の中に無理やり押し込んだようだった。

そして、その音がまた始まった。

くちゅ……くちゅ……くちゅ……くちゅ……くちゅ……くちゅ……。

その音の合間に、『ぐっ……うぐっ……んむっ……』という女のくぐもった呻きが絶え間なく聞こえた。

須藤健一はその後も十分近くにわたって、遠山渚にオーラルセックスを続けさせた。そして、『うっ。出る……』という男の言葉の直後に、唇と男性器が擦れ合っているらしき音が途絶えた。

『よし、渚、飲み込め……何をグズグズしている？　さっさと飲み込むんだ……どうだ？　飲んだか？　口を開けてみろ……よし。それでいい』

男が満足そうに言うのが聞こえた。

被害者の恋人だった須藤健一は、本件の参考人としてこの署で何度か任意の事情聴取に応じていた。

高校生の頃まで陸上部で砲丸投げや円盤投げをしていたという須藤健一は、今は警備員のアルバイトをしながら、友人たちとバンドを組み、ヴォーカルとドラムスの担当としてメジャーデビューを目指しているようだった。須藤健一はがっちりとした体つきの大きな男で、英太郎の目を真っ直ぐに見つめ返し、その質問のひとつひとつにハキハキとした口調で答えていた。

石橋秋生は『がさつそうな男』だと言った。だが、英太郎の目には爽《さわ》やかで、女にモテそうな男に映った。少なくとも、百人の女たちに石橋秋生と須藤健一のどちらがいいかと尋ねたら、たぶん、百人全員が須藤だと答えるだろう。

そんな石橋が、遠山渚をいつか自分のものにできると考えていたことが、英太郎には理解できなかった。

須藤健一は遠山渚が石橋に殺害された直前に彼女と喧嘩《けんか》別れをし、その後は一度も会っていないと供述していた。別れたあとも遠山渚に未練があったようで、事情聴取の際に彼女を思い出し、英太郎の前で涙ぐむこともあった。

検視官からの報告によれば、遠山渚は妊娠をしていたようだった。須藤健一はそれを知っていて、そのことも喧嘩の理由のひとつだったと認めていた。赤ん坊を産みたいという遠山渚に対して、須藤健一のほうは、今はまだ子供はいらないと思っていたという。

『本気で渚を捨てるつもりじゃなかったんです。ただ、俺としては、渚に少し、頭を冷やしてもらいたかっただけなんです。でも、渚がもし子供を産むなら、その時はちゃんと結婚するつもりでした』

任意の事情聴取の席で、須藤健一は英太郎にそう言っていた。

性行為の時の須藤健一は確かにひどく横暴で、暴力的で、支配的ではあった。だが、遠山渚がその行為に同意していたのなら、罪に問われるようなことは何もなかった。実際、かつては英太郎も、従順だった頃の妻の千春に対して、寝室で同じようなことを強いていた。

須藤健一が恋人にしたように、床に仁王立ちになった自分の足元に千春をひざまずかせ、嫌がる千春の口に男性器を無理やり押し込んだことも何度となくあった。口の中の体液を嚥下《えんか》させたことも数え切れないほどあった。

そう。かつての千春は、遠山渚と同じように従順で、英太郎から何を命じられてもその言葉に素直に従ったものだった。けれど、今は……。

「警部、どうかなさったんですか？」

右隣に座っている秋本由香が、パソコンのキーボードを打つ手を止めて英太郎に尋ねた。

「ああ。大丈夫。すいません。疲れているみたいで、少しぼうっとしてしまいました。石橋さん、続けてください」

慌てて英太郎は答えると、咳払《せきばら》いをひとつして姿勢を正した。けれど、彼の股間《こかん》ではいまだに、男性器が強い硬直を保ち続けていた。

9

僕は隣室から聞こえてくる渚の喘《あえ》ぎ声を、毎日のように盗み聞きし、それをディスクに録音した。そして、ベッドに入ると、録音したばかりの音声を再生し、淫《みだ》らに喘ぎ悶《もだ》えている渚の声をヘッドフォンで聞きながら自慰行為を繰り返した。

そんな暮らしを続けながらも、僕はほとんど毎日、コンビニエンスストアに通った。

渚は僕をいつも、『石橋さん』と呼んでくれた。渚が男と夜ごとに交わっていることに強い苛立《いらだ》ちを感じてはいた僕ではあったが、それでも、彼女に名を呼ばれるたびにとても幸せな気持ちに包まれたものだった。僕が隣室に引っ越して来てからの渚は、一段と親しげな態度を見せるようになっていた。

コンビニエンスストア以外の場所でも、僕はできるだけ渚と顔を合わせようと努めていた。偶然を装ってアパートの前の道路や、アパートの廊下などで頻繁に渚と顔を合わせるようにし、『こんにちは。きょうも蒸しますね』『今夜もアルバイトに行くんですか？』などと声をかけた。

そのたびに、渚も笑顔で僕に挨拶《あいさつ》を返してくれた。その笑顔はとても可愛くて、とても親しげで、僕はいつも激しく胸を高鳴らせた。

ある晩、コンビニエンスストアでの買い物を終え、自宅に戻ろうとした僕を渚が呼び止めた。

「今夜はわたしも、これで終わりなんで、石橋さん、もし、ちょっと待ってもらえたら、一緒に帰れます。一緒に帰ってもらえますか？」

満面の笑みをたたえた渚が僕に言った。

もちろん、僕に異論があるはずがなかった。

そして、その晩、僕は渚が制服から私服に着替え終えるのを待って、一緒にアパートに向かって歩いた。

午後十時を少しまわった頃だった。十月も半ばになって、日はどんどん短くなっていった。けれど、その日は夏が戻って来たかのような蒸し暑さで、夜になっても街にはむっとするほどの熱気が立ち込めていた。時折、吹き抜けていく夜風が、汗ばんだ体に心地よかった。

あの晩の渚はパステルピンクのタンクトップに、デニムのショートパンツという真夏のような恰好《かっこう》をしていた。足元はあの日もカラフルなビーチサンダルだった。剝《む》き出しになった彼女の脚を目にした僕は、胸をひどく高鳴らせた。その脚がとても肉感的だったからだ。

渚と並んで歩いていると、僕はこちらに向けられた男たちの視線を何度も感じた。もちろん、見られているのは僕ではなく渚ひとりだった。

そう。渚はそれほどまでに綺麗《きれい》なのだ。ほとんどの男たちが、視線を向けずにいられないような女なのだ。

「実はわたし、タレントを目指して芸能プロダクションに通っているんです」

間もなくアパートに到着するという時に、渚がくりくりとした可愛らしい目で僕を見つめてそう言った。

「そうなんですか？」

「ええ。まずは人気のアイドルユニットのメンバーになって、将来はソロの歌手としてデビューしたり、タレントとして活躍したりするのが夢なんです」

「あの……遠山さんだったら、あの……きっとなれます……ソロの歌手にもタレントにも、あの……絶対になれます」

しどろもどろになって、僕はそう言った。好きな人と並んで歩くなんて、生まれてから初めてのことで、ひどく高ぶっていたし、緊張もしていたのだ。

「石橋さん、どうしてそう思うんですか？」

渚が笑った。ふっくらとした唇のあいだから、白く尖《とが》った八重歯が覗《のぞ》いた。

「どうしてって……だって、あの……遠山さんは、あの……ものすごく綺麗だし……ものすごく可愛いし……あの、それに……ものすごくチャーミングだから……だから、絶対に……絶対になれます……芸能界で人気者になれます」

相変わらず、しどろもどろになって僕は言った。顔が真っ赤になっているのが、自分でもわかった。

「ありがとう、石橋さん。そう言ってもらえると、すごく嬉《うれ》しいです」

渚がまたにっこりと微笑み、僕はさらに顔を赤くした。

そして、あの晩、僕は渚を自分のものにするという思いを、さらに、さらに強くした。

10

渚の恋人はスドゥという苗字《みょうじ》のようだった。僕がそれを知ったのは、男が電話で『はい。スドゥです』と言っているのを盗聴したからだ。

スドゥはひどく横暴なやつで、少しでも気に入らないことがあると、渚を口汚く罵《ののし》っていた。暴力も頻繁に振るっていた。

渚はどうして、あんな男のいいなりになっているのだろう？　どうして、こんなひどい男と一緒にいるのだろう？　渚みたいに可愛い子なら、もっとずっと素敵な男を恋人にできるはずなのに……もし、僕が彼女の恋人だったら、もっとずっと優しくしてあげられるのに……。

隣室でセックスをしているふたりの声を盗み聞きながら、僕はいつもそう思っていた。

そんなある晩、壁の向こうからふたりが言い争っているような声が聞こえた。渚と並んでアパートに戻った日から、一週間ほどしてからのことだった。

僕はいつものように壁に駆け寄り、樹脂製の集音器をその壁に押しつけた。

性能のいい集音器は隣室で言い争っているふたりの声を、いつものように、僕の耳に実に鮮明に届けてくれた。

あの晩、耳に飛び込んできたふたりの会話は、僕をひどく驚かせた。あろうことか、渚が妊娠したというのだ。

渚はお腹の子を産みたいと訴えていた。けれど、スドウのほうは『無理だ』『俺には育てられない』『堕《お》ろせ』と命じていた。

渚はスドウの前では、いつも従順で、逆らうようなことはめったになかった。けれど、あの晩の渚は『産みたい』『堕ろすなんて、絶対にいや』『産ませて』『絶対に産む』『けんちゃんが許さないなら、わたしがひとりで育てる』と、声を震わせながら訴え続けた。見ることはできなかったけれど、渚は涙を流しているように感じられた。

『いったい、どうやって育てるんだ？　そんな金、どこにあるんだよ？』

大声をあげたスドウが、テーブルを乱暴に叩《たた》く『どん』という大きな音が聞こえた。

『わたし、もっと働く。もっと長い時間、働いて頑張る。だから、お願い……わたし、どうしても産みたいの』

渚が鼻をかむような音がした。やはり泣いているようだった。

『あんなコンビニでバイトして、いったいいくらになるっていうんだよ？　子供なんてできたら、プロになるっていう俺の夢はどうなるんだ？　お前だって、タレントになるのを諦《あきら》めるのかよ？』

大きな声でそう言うと、スドウがまたテーブルを強く叩いた。

『タレントを諦めるのはいやだけど……でも、赤ちゃんができたんだから、しかたないよ……わたし、芸能界は諦める。諦めてママになる』

『渚、お前、本気で言ってるのか？』

『本気だよ。わたし……産みたいの……どうしても産みたいの……だから、けんちゃん、産ませて』

『バカ野郎っ！　目を覚ませっ！』

スドウが一際大きな声を張り上げた。

ほぼ同時に、『ピシャッ』という音が聞こえ、渚が『ひっ』という声をあげた。

そう。スドウが渚に平手打ちを食らわせたのだ。

『堕ろせ、渚。いいな？　わかったな？』

『いやっ。堕ろさない。わたしは産む。絶対に産むっ！』

『だったら、お前ひとりで産め。俺は子育てになんか、絶対に協力しないからな。結婚もしてやらないからな。もし、お前がどうしても産むと言うなら、俺たちはこれでおしまいだ。お前はシングルマザーになるんだ。それで本当にいいのか？』

スドウの言葉を耳にした僕は、込み上げる怒りに体をぶるぶると震わせた。殺してやりたいとさえ思った。

スドウが言っていることは、滅茶苦茶《めちゃくちゃ》だった。自分が欲望に任せて渚を犯し、そのことによって渚が妊娠したというのに、『絶対に協力しない』などと宣言するのは、あまりにも無責任な話だった。

『いいよ、それでいい。わたしはひとりでこの子を育てる。もう、けんちゃんには頼まないっ！』

　渚がヒステリックに叫んだ。

　その瞬間、スドウが『ふざけんな、このアマっ！』と怒鳴って、また渚の頬を張った。一度ではなく、二度、三度と、続けざまに張った。椅子が倒れたような、『バタン』という大きな物音がした。

　ぶたれた渚が悲鳴を上げて床に崩れ落ちた。見ていなくても、僕にはそれがはっきりとわかった。

『何するのよっ！　このDV男っ！　警察を呼ぶわよっ！』

　渚が甲高い声で叫んだ。今夜の渚は、従順なだけのいつもの渚ではなかった。

『警察だって？　呼びたければ呼べっ！　さっさと呼べっ！』

　スドウが怒鳴り返した。そして、また渚の頬をしたたかに張った。

『やめてっ！　出て行ってっ！　ここから出て行ってっ！』

　渚がまたヒステリックに叫んだ。

　そんな渚をスドウが、また殴りつけた。それだけでなく、スドウは『黙れ、このアマっ！　お前、何様のつもりなんだっ！』と叫びながら、床に蹲《うずくま》っているらしい渚に襲いかかり、着ているものを乱暴に毟《むし》り取り始めた。布が裂ける音が何度も聞こえた。

『いやっ！　やめてっ！　いやーっ！』

　悲鳴を上げながら、渚が必死でスドウに抗《あらが》った。また椅子が倒れるような音がしたし、ガラス製品のようなものが割れて砕けたような音も聞こえた。

ふたりは数分にわたって揉《も》み合いを続けた。渚は必死だったが、腕力ではあの大男にかなうはずもなく、やがては床に組み敷かれてしまった。

『俺に逆らうとどうなるか、思い知らせてやるっ！』

怒りの声を震わせてそう言うと、スドウが渚を力ずくで犯し始めた。嫌がる渚の中に、男性器を強引に突き入れたのだ。

無力な渚にできたのは、か細い悲鳴を上げ続けることだけだった。

レイプされるかのように犯された渚の苦しげな声を聞きながら、僕は愛想を尽かした渚がスドウと別れるに違いないと考えた。そのことに希望を感じた。

そう。渚はスドウと別れるのだ。そして、その時には、僕は渚に自分の気持ちを打ち明けるのだ。たとえお腹の赤ん坊がスドウの子であったとしても、僕が育てると彼女に告げるのだ。

そうしたら、渚はきっと心を動かされるはずだった。

11

その翌日、僕は風邪をひいたと嘘をついて工場を休んだ。そして、近所の果物店で和歌山県産の高価な柿と蜜柑《みかん》をいくつも買い、今は部屋にいるのが渚ひとりだということを盗聴器で確認してから隣室を訪れた。

ドアを開けた渚の顔には化粧っけがなく、いやというほど張られた頬が腫《は》れて赤くなっていた。くりくりとした大きな目も充血していて、泣き腫らしたような顔をしていた。

「あの……これ、和歌山の親戚《しんせき》からたくさん送られてきたんですけど……あの……僕ひとりじゃ食べきれないから……お裾《すそ》分《わ》けです」

そんな嘘を言いながら、僕は紙袋に入った柿と蜜柑を渚に差し出した。もちろん、僕には和歌山県に親戚などいなかった。

「石橋さん、いつもお心遣い、ありがとうございます。嬉《うれ》しいです」

腫れた顔を歪《ゆが》めるようにして渚が笑った。

きっと僕が渚を救い出す。僕がこの手で、彼女を幸せにする。

彼女に笑みを返しながら、僕は強く心に誓った。

その晩もまた、隣室のふたりは渚のお腹の中の子の話し合いを始めた。前夜と同じように、僕は壁にラッパ型の集音器を押しつけてそれを聞いた。

『俺、きょう一日、交通誘導をしながら、ずっと考えていたんだけどさ……やっぱり、どう考えても、子供は無理だよ。絶対に無理だ。俺たちには育てられない。荷が重すぎる。だから、渚、辛《つら》いとは思うけど……その子は堕ろしてくれないか。堕胎の金は俺が何とかする。だから、堕ろしてくれ。頼む。この通りだ』

いつも威張っているスドウが、珍しく猫撫《な》で声を出していた。どうやら、渚に頭を下げているようだった。

『どうしてそんなことを言うの？　けんちゃんとわたしがふたりで力を合わせれば、絶対にできるよ。赤ちゃんを育てられる。だから、産ませて。お願い、けんちゃん』

渚が縋《すが》るような口調で言った。

『赤ん坊なんて産まなければ、お前はきっと売れっ子の芸能人になれるんだよ。俺だって、うまくいけばプロのドラマーになれるかもしれない。そうなったら、どんなに素敵だと思う？　夢みたいじゃないか？　そうだろう、渚？　だから、渚、今回だけは我慢してくれ。その子を堕ろしてくれ』

『わたし、芸能界は諦めたの。だから、けんちゃん、わたしに協力して。協力してくれなくてもいいから、堕ろせなんて命令しないで』

『だから、無理なんだよ。お前、まだ十九だろう？　子供はいつか作るとしても、今じゃないだろう？』

『いつか作るなら、今でもいいじゃない？』

『渚、お前は何もわかっていないんだよ』

『わかっていないのは、けんちゃんのほうじゃない？　やろうと思えばできるよ。何だってできる。だから、産ませて。お願い、けんちゃん。わたし、産みたいのよ』

『頼むよ、渚。堕ろしてくれ。頼む……この通りだ……頼む……頼む……』

『わたしは産むわ。けんちゃんが何と言っても産む。この子を殺してしまうなんて……そんなこと、いやっ……絶対にいやっ』

『この俺がこれほど頭を下げているんだぞ』

スドウの口調が急に変わった。怒りのために、その声が震えていた。『こうしてお前に頭を下げているんだぞ。それなのに、お前は言うことが聞けないのか？』

『聞けないよ。わたし、産むんだもん』

強い口調で渚が言い返した。

『こっちが下手《したて》に出てれば、いい気になりやがって……つけ上がるのも、いい加減にしろっ！　このバカ女っ！』

『バカはどっちよ？　甲斐性《かいしょう》もないくせに、威張り散らさないでっ！』

『何だと？　ふざけるな、このドブスっ！』

スドウが大声で怒鳴り、前夜と同じように、渚の頬に平手打ちを食らわせた。それだけでなく、今夜のスドウは渚を突き飛ばし、床に転がし、おそらくは、彼女の上に馬乗りになり、さらに暴力を続けた。

殺される。このままじゃ、渚は殺されてしまう。

僕は思った。そして、とっさに立ち上がると、足早に玄関へと向かった。スドウにこの暴力をやめさせるつもりだった。

12

玄関から勢いよく飛び出した僕は、夢中で隣室のインターフォンを鳴らした。

最初は返事がなかった。けれど、インターフォンのボタンを執拗《しつよう》に押し続けると、そこから、『何だ？　何の用事だ？』というスドウの威張りくさった声が聞こえた。スドウには僕の顔が見えているはずだった。

「渚さんに暴力を振るうのはやめてください」

インターフォンに向かって僕は夢中でそう言った。

『渚さんだと？　お前、いつから渚とそんな仲になってたんだ？』

スドウが言い、僕はハッとした。それまで僕は彼女のことを、いつも『遠山さん』と呼んでいて、『渚さん』と言ったことは一度もなかった。

僕の目の前のドアが、すぐに押し開けられた。

玄関のたたきに仁王立ちになったスドウは、真っ赤になった顔を怒りに歪めていた。

「おいっ、お前、どうして俺が渚に暴力を振るっているなんて言うんだ？　もしかしたら、俺たちの話を盗み聞きしてるのか？」

スドウは裸足《はだし》のまま廊下に出てきて、その太い腕で僕の胸をどんと強く突き飛ばした。

その力は本当に強くて、僕は大きくよろけただけでなく、息が止まりそうになった。

「あの……大きな声だったから……あの……聞くつもりはなくても、壁越しに聞こえてきて……あの、それで……」

しどろもどろになりながら、僕はそう言い訳をした。

「お前、いつから渚のことを、渚さんなんて馴《な》れ馴れしく呼んでいるんだ？　いつからなんだ？　答えろっ！」

唾《つば》を飛ばして怒鳴りながら、スドウが今度は僕の胸ぐらを鷲摑《わしづか》みにした。シャツの襟元が締まり、足が浮き上がり、今度こそ本当に息が止まりそうだった。

その時、スドウの背後に、黒いカットソーと擦り切れたジーパンという恰好《かっこう》をした渚が姿を現した。渚の目は涙に潤んでいて、強く張られたに違いない左右の頰が真っ赤になっていた。

「けんちゃん……どうしたの？」

スドウの背後に立った渚が声を震わせて訊《き》いた。

「こいつ、お前のことを、渚さんなんて呼んでいるぞっ！　お前ら、いつからそういう仲なんだ？　渚、お前はいつから、この男に名前を呼ばせているんだ？」

僕の胸ぐらを鷲摑みにしたまま、背後を振り向いたスドウが言った。

スドウの暴力を渚が制止してくれるものだと僕は思っていた。けれど、そうではなかった。渚は『やめろ』とは言わず、気持ちの悪いものを見るような目で僕を見つめたのだ。

渚からそんな目で見られたのは、それが初めてだった。

その晩、スドウはそれ以上の乱暴をすることなく、僕から手を離した。そして、「俺たちのことに首を突っ込むなっ！」と唾を飛ばして怒鳴って僕を突き飛ばし、玄関のドアを勢いよく閉めた。

ひとり廊下に残された僕にできたのは、すごすごと自分の部屋に戻ることだけだった。

自宅に戻った僕は、再び壁に歩み寄り、集音器を使って隣室の会話を盗み聞こうとした。けれど、その後のふたりは声を潜めるようにして話したから、僕には細かいところまで聞き取ることはできなかった。渚は相変わらず、赤ん坊を産みたいと言っているようだったが、その晩のスドウはもう渚に暴力を振るうことはしなかった。

13

その翌日も、僕は風邪が治らないと嘘をついて工場を休んだ。そして、スドウが警備員のアルバイトに出かけたのを確認してから、隣室のインターフォンのボタンを押した。朝の十時を少しまわった時刻だった。

何をしようという当てがあったわけではない。ただ、僕が味方なのだということを……僕が彼女を守りたいと思っているということを、不安で心細く感じているに違いない渚に、ちゃんと伝えたいと思っただけだった。

『石橋さん……何の御用ですか？』

インターフォンから渚の声がした。その声はとてもよそよそしくて、僕のことを警戒しているようにも聞こえた。

「あの……遠山さんに、あの……ちょっと話したいことがあるんで……あの、よかったら……このドアを開けてもらえませんか？」

おずおずとした口調で僕は言った。

一分近い間があった。渚が出てきてくれないので、僕はもう一度、インターフォンのボタンを押そうとした。

その時、目の前のドアがゆっくりと押し開けられた。

今朝の渚はピンクの長袖《ながそで》Tシャツに、擦り切れたジーパンという恰好だった。コンビニエンスストアのアルバイトに出かける用意をしていたのかもしれない。その顔にはすでにうっすらと化粧が施されていた。前夜に比べると、顔の腫《は》れは引いているようにも見えた。

「石橋さん、どんな御用でしょう？」

冷ややかに僕を見つめた渚が、つっけんどんにも聞こえる口調で言った。

「あの……遠山さんに、あの……どうしても伝えたいことがあって……」

やはりおずおずと僕は言った。

「どうしても伝えたいこと？」

「はい。そうです」

「何ですか？」

今度は明らかにつっけんどんに渚が言った。

「それは……あの……僕は遠山さんの……あの……味方だっていうことです」

思い切って、僕はそれを口にした。「僕は、あの……あなたを守ってあげたいと、心から思っているんです」

緊張のために、僕の口の中はからからになっていた。

「石橋さん。お気持ちは嬉《うれ》しいですが、わたしたちのことはもう、放っておいてもらえませんか？」

渚がさらに冷ややかな目で僕を見つめた。

「でも、放っておいたら、あなたはまたあの男に暴力を振るわれるし……そんなことになったら、あの……お腹の子にも差し障りが……」

そこまで言って、僕はハッとなって口をつぐんだ。それだけでなく、思わず両手で口を押さえた。

そう。僕は言ってはならないことを口にしてしまったのだ。けれど、一度、出た言葉を引っ込めることはできなかった。

「石橋さん、あなた、どうして、それを知っているの？　もしかしたら、壁に耳を押し当てて、わたしたちの話を聞いているの？」

渚が口早にそう言った。僕に向けられた大きな目には、あからさまな嫌悪の表情が浮かんでいた。

僕は慌てて言い訳をしようとした。けれど、その言葉が頭に浮かぶ前に、渚が勢いよくドアをしめてしまった。


その約一時間後、十一時少し前に、渚は部屋を出て行った。たぶん、コンビニエンスストアにアルバイトに行ったのだろう。

僕は彼女を追いかけようとした。

謝りたかったし、僕の気持ちをわかってもらいたかった。僕だったら、彼女を幸せにできると、渚にわかってもらいたかった。

けれど、そうはせず、窓辺へと歩み寄り、おそらくはアルバイト先のコンビニエンスストアへと歩いて行く渚の後ろ姿を、唇を噛《か》みながらじっと見つめた。

ここ数日、気温の低い日が続いていて、街路樹の銀杏《いちょう》の葉がうっすらと黄色くなり始めていた。吹き抜ける風もかなり冷たくなっていた。

諦《あきら》めろ。彼女のことは諦めるんだ。

僕の中にある冷静な部分が、渚に夢中になっている僕に、そう言い聞かせようとした。

諦めるべきだとはわかっていた。

そう。諦めるべきなのだ。僕のように何の取り柄もない男が、渚のように美しい少女の恋人になることなど、どだい不可能な話なのだ。どう考えても、そんなことはありえないのだ。

それでも、諦めきれなかった。僕の人生は、諦めることの連続だったというのに、どういうわけか、渚のことを諦めることができなかった。

ああっ、どうしてもっとハンサムに生まれてこなかったんだろう。どうして、もっと背が高くならなかったんだろう。優しくて仲がよくて、お金持ちの両親のもとに、どうして生まれてこなかったんだろう。

もっと勉強ができれば……もっと運動ができれば……もっとお金を稼ぐことができれば……何か、人にはないすごい取り柄があったなら……せめて、こんなにも引っ込み思案な性格でなく、思ったことをズバズバと言えたなら……そうしたら、渚のような女を自分のものにできたかもしれないのに……。

そして、僕は嫌悪した。こんな情けない自分を、つくづく嫌悪した。

僕は劣等生だった。人生の負け組だった。

もし、僕が女だとしても、僕のような男と一緒にいたいとは、絶対に思わないだろう。

夜になって気温はさらに下がり、僕はこの秋、初めてエアコンの暖房を使った。

そして、その晩、僕はいつものように壁に樹脂製の集音器を押しつけ、警備員のアルバイトから戻って来たスドウと、コンビニエンスストアでの勤務を終えた渚が話しているのを聞いた。

先に帰宅していた渚は、スドウが戻って来るやいなや、僕のことを話し始めた。

『隣の男、やっぱり、わたしたちの話を盗み聞きしているみたいなの』

渚の声がすぐそこで聞こえた。

『えっ。どうしてそう思うんだ？』

男の声がやはり、壁のすぐ向こうから聞こえた。

『だって、あの男、わたしが妊娠していることを知っていたのよ。わたし、けんちゃんのほかには誰にも言っていないのに』

『やっぱりそうだったか……なんてやつなんだ』

男が言った。確かめることはできなかったが、たぶん、この壁の向こう側を見つめていたのだろう。『ということは……あの変態野郎は、俺たちのセックスにも聞き耳を立てているのかな？』

『けんちゃん、そう思う？』

怯《おび》えたような口調で渚が言い、僕はこの世からいなくなってしまいたいような気持ちになった。

『ああ。あいつ、我を忘れてお前が喘《あえ》いでる声を、絶対に聞いてるぞ。うん。間違いない。お前のあの声は、やつに絶対に聞かれてる。もしかしたら、あいつ、最初からお前が目当てで、ここに引っ越して来たのかもしれないな』

男の言葉は図星で、僕は髪を掻《か》き毟《むし》りたいような気になった。

『そんな……ひどい……恥ずかしい……わたし、もうこんなところにいたくない……こんなところ、引っ越したい。けんちゃん、引っ越そうよ』

渚がひどく怯えた声で男に訴えた。

『そうだな。引っ越そうか』

男が渚の提案に同意した。

そのことに、僕は激しく動揺した。

14

その翌朝、スドウが警備員の仕事に出かけていくのを待って、僕はまた隣室のインターフォンを鳴らした。

渚がいなくなってしまう前に、自分の気持ちを、もっとちゃんと伝えたかった。ちゃんと気持ちを伝え、できることなら、スドウと別れるように説得したかった。

前日と同じように、空には抜けるような青空が広がっていたが、その朝もかなり冷え込んでいた。北国からは雪の便りも届いていた。

僕は押し入れからウールのセーターを出して着込んだ。そして、『頑張れ、秋生』『ダメで元々だ』と自分に言い聞かせてから、自分の部屋を出て隣室へと向かった。

インターフォンのボタンを押して三十秒ほどがすぎた時、そこから突き放したような渚の声がした。

『何の用なんですか？　帰ってください』

僕はひどくたじろぎ、『すみません』と謝罪して踵《きびす》を返そうとした。けれど、そうはせずにそこに踏みとどまり、声を絞り出すようにして言った。

「どうしても聞いてもらいたいことがあるんです。お願いします、遠山さん。ドアを開けてください。お願いします。お願いします」

僕は必死で繰り返した。白い息が顔の前に絶え間なく広がった。

『帰ってください。帰らないなら、警察を呼びますよ』

「お願いします、遠山さん。どうしても、あなたに言いたいことがあるんです。だから、開けてください。お願いします。お願いします」

僕はなおも必死で繰り返した。それほど必死になったのは、生まれてから初めてのような気がした。

もしかしたら、渚は本気で警察に通報をするかもしれないとも思った。だが、やがて、目の前のドアが静かに開けられた。

その朝の渚はふわりとした純白のセーターに、黒いロングスカートという恰好《かっこう》をしていた。大きく開いたセーターの襟元から左右の鎖骨が見えた。

「石橋さん、あなた、どういうつもりなんですか？　しつこいですよ。わたし、これから出かけるんです」

冷ややかな目で僕を見つめた渚が、怒りと苛立《いらだ》ちのこもった口調で言った。

「渚さん、あの男と別れて、僕の恋人になってください。僕と結婚してください」

僕は言った。いきなりそんなことを言うつもりはなかったのに、なぜか、そう口にしてしまった。

「本気で言ってるの？」

僕に向けられた渚の目には、嫌悪と蔑《さげす》みが満ちていた。

「僕は本気です。遠山さん、僕と結婚してください。お腹の子は僕が責任を持って育てます。だから、僕と結婚してください」

渚の目を真っ直ぐに見つめ、強い口調で僕は言った。それほどはっきりと何かを言うのは、生まれて初めてのような気がした。

「石橋さん、あなた、自分のことが、本当にわかってるの？」

その大きな目にさらなる蔑みとさらなる嫌悪、それに怒りのようなものを浮かべ、憎々しげにも聞こえる口調で渚が言った。「どうして、このわたしが、しがない町工場の工員さんなんかと結婚しなきゃならないの？　こんなこと、言いたくないけど、あなたとわたしじゃ、あまりにも釣り合わないでしょう？　あなたみたいな人と結婚するぐらいなら、死んだほうがマシよ。そこまで図々《ずうずう》しい人だと思わなかった。ちょっと優しくされたからって、付け上がらないで」

その言葉は僕を猛烈に打ちのめした。

『しがない町工場の工員さん』『あまりにも釣り合わない』『死んだほうがマシ』

優しくて、可愛らしい彼女が、僕のことをそんなふうに考えていたとは夢にも思っていなかった。

茫然《ぼうぜん》となって立ち尽くしている僕に向かって、渚がさらなる暴言を投げつけた。

「あなた、わたしたちの話を盗み聞きしていたんでしょう？　それって、完全な犯罪行為よ。あなたって、最低の人ね。あなたみたいな人、見たことがないわ。さあ、帰って。さっさと帰ってっ！」

ヒステリックに渚が叫んだ。

その言葉に、僕はカッとした。そこまでバカにされる筋合いはないと思った。

15

顔をわずかに俯《うつむ》かせて、石橋秋生が淡々と供述を続けた。歯切れの悪いその声と、秋本由香がパソコンのキーを叩《たた》く音が、静かで殺風景な取調室に響き続けていた。

「それで石橋さんはカッとして遠山渚さんに襲いかかり、その首を絞めて殺してしまったんですね？」

目を離した瞬間に忘れてしまいそうなほど特徴のない石橋秋生の顔を見つめ、長谷川英太郎は静かな口調でそう問いかけ、『はい。その通りです』という容疑者からの返事を待った。

石橋が遠山渚をどんなふうに殺したのかを供述し、それが検視の結果と合致すれば、この取り調べは終わりだった。検視官によれば、遠山渚の死因は、手で首を強く締められたことによる窒息死のようだった。

「刑事さん、実は……あの……それは違うんです」

俯けていた顔を上げた石橋秋生が、おずおずとした口調で英太郎に言った。

「えっ、違う？　何が違うんですか」

無意識の笑みを浮かべ、英太郎は容疑者を見つめた。心の中では石橋が『違う』と言ったことに舌打ちをしていた。

歯切れの悪い石橋の話を聞いていることに、英太郎はすでに飽き飽きしていた。早くこの取り調べを終わらせて、熱いダージリンでも飲みたいと考えていたのだ。英太郎は昔から紅茶が大好きだった。

「あの……刑事さん、あの……実は、僕は、あの……なぎちゃんを殺していないんです」

「殺していないだって？」

思わず英太郎は呻《うめ》いた。容疑者のその発言は、想像すらしていないものだった。

英太郎の隣では、秋本由香がひどく驚いたような顔で容疑者を見つめていた。

「はい。あの……僕は殺していません。あの……僕が訪ねて行った時には、なぎちゃんはもう死んでいたんです。なぎちゃんを殺したのは、僕ではなく、あの男……スドウなんです」

「あの……石橋さん、もっとよくわかるように説明してください」

興奮のために全身の毛穴から汗が噴き出すのを感じながら、わずかに声を震わせて英太郎は言った。

その言葉を耳にした石橋秋生が、唇を噛《か》み締めて静かに頷《うなず》いた。

16

遠山渚の言葉にひどく傷つけられた僕は、自室に戻ってベッドに潜り込み、悶々《もんもん》とした気持ちで夜まですごした。

今朝までの僕は、もしかしたら自分が渚と夫婦になれるのではないかと考えていた。決して楽観的に考えていたわけではないが、その可能性が少しはあるのではないかと思っていた。

けれど、渚と夫婦になるという夢が完全に打ち砕かれ、さらに渚に暴言の数々を浴びせられたことによって、立っていられないほどに打ちのめされていたのだ。

そうするうちに、渚がコンビニエンスストアでの仕事を終えて部屋に戻って来た。その三十分ほど後に、今度はスドウが帰って来た。

猛烈に打ちのめされていたにもかかわらず、僕はもそもそとベッドから出ると、またしても壁に歩み寄り、そこにラッパ型をした集音器を押しつけた。

渚はスドウに僕のことを告げ口するに違いなかった。そうなった時には、逆上したスドウが、間違いなくこの部屋に怒鳴り込んで来るはずだと僕は思っていた。

けれど、渚の口から出たのは僕のことではなく、自分のお腹の中の子のことだった。

そう。渚にとっては、しがない工員でしかない僕のことなんて、どうでもいいことなのだ。彼女にとって、今、いちばん大切なのは、お腹の中の胎児のことなのだ。

けれど、その話し合いは、その晩も平行線を辿《たど》った。渚は『産む』と主張し、スドウは『堕《お》ろせ』と言い続けたのだ。

『わかったわ。もういい。もう話し合いはやめましょう。これ以上話し合っても無駄。わたしたち、これで終わりね。わたしたち、別れましょう。わたし、ひとりで産んで、ひとりで育てるわ』

一時間近い言い争いの末に、急に冷めた口調になった渚が言った。

『おい、渚……何だよ、急に……別れるって、お前……どうしてそうなるんだよ？』

突如として別れを切り出されたスドウが、たじろいだような声を出した。

『きょう一日、アルバイトをしながらずっと考えていたんだけど、わたし、けんちゃんのことがもう好きじゃなくなったみたいなの』

『俺のことが……好きじゃない？』

『ええ。赤ちゃんを堕ろせなんて平気で言う人とは、わたし、一緒にいたくないってわかったの。だから、別れましょう』

冷ややかな口調で渚が言い、僕は今朝、自分に向けられた嫌悪と蔑みに満ちた彼女の目を思い出した。

おそらく今、渚はそんな目でスドウを見つめているのだ。

『俺は嫌だ。別れたくない。渚と一緒にいたいんだ』

スドウが言った。明らかにうろたえているようだった。

『それはそうでしょう？　わたしが借りてるこの部屋に勝手に転がり込んで来て、食費も光熱費もろくに払わないで……わたしにご飯を作らせて、食器洗いも洗濯も掃除もわたしひとりにさせて……毎日、わたしのことをさんざん犯して、さんざん威張り散らして……そんな便利なわたしがいなくなったら、けんちゃんはさぞ困るでしょうね』

冷ややかな口調で、渚が次々とスドウに言葉を投げつけた。

『渚……お前、俺のことをそんなふうに思っていたのか』

『好きだった時には、何とも感じなかったけど……好きじゃなくなったら、けんちゃんと一緒にいる意味は何もないと感じたの』

『意味はないって……』

『今のけんちゃんはわたしにとって、ただの寄生虫なのよ』

『寄生虫だって？　貴様っ……言うに事欠いて……言葉を慎めっ！』

スドウの声には強い怒りが表れていた。

そんな男に向かって、渚がさらに言葉を続けた。

『ただの寄生虫のくせに、わたしに命令しないでっ！』

渚がヒステリックに声を張り上げた。

『何だと……もう一度、言ってみろっ！　今度言ったら、ぶん殴ってやるっ！』

怒鳴るようにスドウが言った。

『何度でも言ってやるっ！　あんたは寄生虫なのよっ！　わたしはあんたに寄生されてるのよっ！　もう、出て行ってっ！　ここを借りているのはわたしなんだから、今すぐ、ここから出て行ってっ！』

さらにヒステリックに渚が叫んだ。ヘッドフォンを通したその声が、僕の耳にビンビンと響いた。

渚はさらに何かを叫びかけた。けれど、その前に、頬を強く張りつけられたような音と、『ひっ』という短い叫び声がし、その声がやんだ。

『おい、渚……世の中にはな、言っていいことと悪いことがあるんだよっ！』

スドウが大声を張り上げ、その声がまた僕の耳にビンビンと響いた。

『出て行って、このDV男っ！　今すぐに出て行ってっ！　出て行かないなら、警察に通報するよっ！』

『ふざけるな、このバヵ女っ！』

そう言って怒鳴ると、スドウが渚に襲いかかった。見たわけではないが、僕にはそれがはっきりとわかった。

ふたりが激しく揉《も》み合っているらしき音がした。『うっ』とか『あっ』という渚の呻きも聞こえた。

けれど、やがて渚の呻きは聞こえなくなり、壁の向こう側に静寂の時が訪れた。

二分か三分が経過した頃、ヘッドフォンからスドウの『渚……おい、渚……』という声がした。けれど、渚の返事は聞こえなかった。

『何てこった……何てこった……』

うろたえているらしいスドウの声がした。

僕は耳をそばだてた。渚が一言も口を聞かないことに、ひどく動揺していたのだ。

スドウが部屋の中を動きまわっているような音がしばらく続いたが、渚の声は相変わらず、まったく聞こえなかった。

失神した？

それだけであって欲しいと僕は願った。スドウに殺されたとは思いたくなかった。

十分ほどが経過し、ドアの開けられる音がした。

そう。スドウが出て行ったのだ。

すぐに僕はヘッドフォンを外し、自分の部屋から飛び出した。そして、隣室のドアの前に立ち、インターフォンを何度となく鳴らした。

返事をしてください。声を聞かせてください。

僕は願った。

けれど、渚の返事はなかった。

汗でベトベトになった手でドアノブを摑《つか》み、僕は思い切ってそれをまわした。

スドウは鍵《かぎ》をかけずに出て行ったようで、ドアがこちら側に静かに開いた。

「遠山さん……遠山さん……」

玄関のたたきに立って、僕は室内に声をかけた。

けれど、やはり渚からの返事はなかった。

息苦しくなるほど激しく心臓が鼓動するのを感じながら、僕はたたきに靴を脱いで室内へと足を踏み入れた。

そして、僕は見た。渚が床に仰向《あおむ》けに倒れているのを見た。

渚は今朝と同じ白いセーターに、黒いロングスカート姿だった。

僕は慌てて渚に駆け寄った。そして、彼女の名を呼びながら、その体を揺り動かした。

「遠山さんっ！　遠山さんっ！」

けれど、渚は目を開けなかった。白くて柔らかそうな彼女の首には、赤黒くて醜い痣《あざ》がくっきりと残っていた。あの男の手によって作られた痣に違いなかった。

僕はとっさに、ルージュに彩られた渚の唇の前に手をかざした。

けれど、彼女の息遣いは感じられなかった。

わずかにためらいつつも、僕は身をかがめ、白いセーターの上から、彼女の豊かな左の乳房に耳を押し当てた。

心臓の鼓動は聞こえなかった。

そう。死んだのだ。彼女は殺されてしまったのだ。

17

容疑者の言葉は、英太郎をひどく驚かせた。

もし、石橋秋生の言ったことが真実だとしたら、この殺人事件の真犯人は須藤健一だということだった。

「石橋さん、非常に大切なことなので、もう一度、確認させてください。石橋さんがおっしゃったのは、本当のことなんですか？　あなたの作り話や、妄想じゃないんですか？」

テーブルに身を乗り出すようにして、英太郎は特徴に乏しい石橋秋生の顔を見つめた。

英太郎の隣では秋本由香が、驚きのために整った顔をひどく強張《こわば》らせていた。

「あの……刑事さん……今、僕が話したのは、作り話でも、勝手な妄想でもありません。あの……すべてが本当のことなんです」

英太郎と秋本由香を交互に見つめながら、石橋が酷《ひど》くおずおずとした口調で答えた。

「石橋さん。デタラメなことを言うと、重い罪に問われることになりますよ」

「ですから、刑事さん……あの……デタラメなんかではありません。あの……今、言ったことが真実なんです。なぎちゃんはあの男……スドウというやつに殺されたんです」

「もし、それが真実なら、どうして……どうして、最初からそう言わなかったんですか？」

身を乗り出したまま英太郎は尋ねた。

「あの……どうでもいいと思ったんです」

再び顔を俯《うつむ》かせて石橋が答えた。

「どうでもいいって……何がどうでもいいんですか？　あなたは殺人犯になるところだったんですよ。それなのに、石橋さん、あなたはどうでもいいんですか？」

「ええ。いいんです。なぎちゃんは死んでしまったんです……もう、絶対に帰ってこないんです。だから……だからもう、どうでもいいんです」

呟《つぶや》くように容疑者が言い、英太郎は口をつぐんで首を左右に振り動かした。

もしかしたら、その男にとっては、どうでもいいことなのかもしれなかった。けれど、この事件の担当である英太郎にとってはどうでもいいはずはなかった。

「秋本さん。ここはお任せしていいですか？」

そう言いながら立ち上がると、英太郎は秋本由香の返事を待たずにドアへと向かった。

遠山渚の死体が、どうして石橋秋生の部屋にあったのかということや、なぜ、死体を発見してすぐに警察に通報をしなかったのかということ、半月ものあいだ、死体に何をしていたのかなど、容疑者に訊《き》かなければならないことはまだいくつもあった。

だが、それらはすべて後まわしだった。

今はこのことを上司に報告し、真犯人である須藤健一の身柄を確保するために、即座に行動を起こさなければならなかった。

18

狭くて窓がひとつもない留置室に戻された僕は、部屋の奥にある小さくて粗末なベッドに浅く腰を下ろし、疼《うず》くような胸の痛みとともにあの晩のことを思い出した。

そう。あの晩。渚がこの世の人でなくなった、あの夜のこと。

あの夜、僕は死体になってしまった渚を抱き上げ、すぐ隣にある自分の部屋に連れ帰った。もちろん、その姿を見ている人が誰もいないことを確かめてのことだった。

渚の死体を床から横抱きに持ち上げた瞬間、首ががっくりと反り返り、長い黒髪がはらりと垂れ下がった。

ああっ、僕は今、なぎちゃんを抱いているんだ。

渚の死を嘆きながらも、僕は胸を高鳴らせてもいた。死者となった今も、その体はぽかぽかと温かかった。

自室に戻った僕は、横抱きにしていた渚の死体を、自分のベッドにそっと横たえた。そして、ベッドのすぐ脇に蹲《うずくま》り、目を閉じたままの渚の顔をまじまじと見つめた。

「遠山さん……渚さん……」

僕は渚に声をかけた。

死んでしまったようには見えなかった。ただ眠っているだけで、声をかけたら目を開きそうな気がしたのだ。

毛穴がないようにさえ見える渚の顔には、丁寧にファンデーションが塗られていた。ふっくらとした唇はつややかな淡いピンクに彩られていた。

ここになぎちゃんがいる。僕のベッドになぎちゃんが寝ている。

望んでいた形ではなかった。それでも、少しだけ夢が叶《かな》ったような気がして心が弾んだ。

そう。渚はもう、どこにも行かないのだ。これで彼女は僕のものになったのだ。僕だけのものになったのだ。

もしかしたら、スドウが戻ってきて、この部屋のインターフォンを鳴らすのではないかと僕は考えていた。もし、その時はシラを切るつもりだった。

けれど、スドウは戻ってこなかった。もしかしたら、どこかに逃亡したのかもしれなかった。

目を閉じた渚の顔を、僕は一時間以上にわたって見つめていた。間近で見る渚の顔は、本当に可愛らしくて、どれほど見ていても飽きなかった。

渚の顔を見つめ続けているうちに、僕の中に新たな欲望が湧き上がってきた。渚の顔だけでなく、その裸体を見たいという性的な欲望だった。

僕はその欲望に従い、渚の上半身を抱き起こし、万歳をするように腕を上げさせ、ふわりとした純白のセーターをそっと脱がせた。

その時にはまだ、死後硬直はなかったから、それをするのは容易なことだった。

セーターを脱がせた時に腋《わき》の下が見えた。もちろん、毛は一本も生えていなかったが、見てはならないものを見てしまったような気がしてドキドキした。

渚はセーターの下にピンクのキャミソールを着ていた。そのキャミソールを脱がせると、今度は真っ白なブラジャーが現れた。レースの飾りがついた、とても洒落《しゃれ》たブラジャーだった。

猛烈に胸を高鳴らせながら、僕はそのブラジャーを外した。それをしたのは生まれてから初めてだった。

ブラジャーのカップの下から現れた渚の乳房は本当に豊かで、グレープフルーツほどもあった。その表面の皮膚は滑らかで、つやつやと光っていた。夜ごとにスドウが貪《むさぼ》っていたに違いない乳首は少し大きめで、濃い小豆《あずき》色をしていた。

息苦しいほどに胸を高鳴らせながら、僕はその乳首にそっと顔を寄せ、何度か唇を舐《な》めてから、それをそっと口に含んだ。

その瞬間、僕はかつてないほど幸せな気分に包まれた。


その晩、僕は全裸にした渚の体をいつまでも撫《な》でまわし、そのいたるところに口づけをし、最後はしっかりと抱き締めて眠った。

犯そうとは思わなかった。寄り添っているだけで充分だった。

その晩だけでなく、それから半月のあいだ、ベッドに身を横たえた渚に、僕は寄り添うようにして暮らした。一日に何度も渚を抱き締め、何度も唇を合わせた。

もう工場には行かなかった。どうしても必要なものを買う時のほかには、外に出ることもなかった。

起きている時はずっと、僕は渚を見つめていた。そうすることによって、彼女の姿を網膜に焼きつけようとしたのだ。

この時間が永遠に続くわけではないということは、頭の悪い僕にもよくわかっていた。

だからこそ、僕はその大切な時間をしっかりと嚙《か》み締め、意識して愛《いと》おしもうとした。

当然のことながら、命を亡くした渚は日を追うごとに少しずつ、少しずつ変わっていった。

僕はその変化を少しでも遅くするために、暖房を使うのをやめた。それだけでなく、インターネット通販を使って、毎日、ドライアイスを部屋に届けさせ、そのドライアイスで渚の体を少しでも冷やそうとした。

だが、それは所詮《しょせん》、焼け石に水のようなものだった。

渚の体は少しずつ浮腫《むく》んだような状態になっていき、お腹の部分が栄養失調の子供のように膨らみ始めた。白く滑らかだった皮膚は、徐々にその艶《つや》を失い、やがて暗赤褐色になり、その後は少しずつ黒ずんでいった。さらには、いたるところから異様な悪臭を発し始め、破れ始めた皮膚から強烈な悪臭のする液体がじくじくと滲《にじ》み始めた。

そのことによって、僕の部屋の中にはその悪臭が息苦しくなるほど強く立ち込めた。普通の人だったら我慢ができないような悪臭だった。

僕は割とにおいには敏感なほうなのだけれど、不思議なことに、そのにおいを嫌だとは少しも感じなかった。その悪臭もまた渚の一部なのだと思うと、それさえもが愛おしく感じられたのだ。

腐っていく渚を、僕はじっと見つめ続けた。幸せだった。本当に幸せだった。あの半月間は僕の人生で最高の時だった。

今はもう、渚はいない。どこにもいない。

でも、今も僕はあの半月のことを……僕のすぐ隣にいた渚の姿を、鮮明に、ありありと思い出すことができる。

それだけで充分だ。あの半月の思い出があれば、それを繰り返し脳裏に甦《よみがえ》らせることで、僕は生きていける。楽しいことなど何ひとつないはずのこれからの人生を、ちゃんと生きていける。

そう。僕はもう、目のない魚ではなくなったのだ。

冬の章

愛ゆえに食す

1

長谷川英太郎はその朝も警察署の四階にある取調室のひとつにいた。取り調べを始める前にはたいていそうしているように、小さな窓のひとつを押し開け、署のすぐ向かいにある公園にぼんやりと視線を送っていた。

今朝、英太郎が目覚めた時から、空には鉛色をした雲が低く垂れ込めていた。吹き抜ける風も冷たくて、とても寒い一日になりそうだった。予報によれば、東京のきょうの最高気温は二度までしか上がらないようだった。

その予報の通り、少し前から雪がちらつき始めていた。水気があまりなさそうな、粒の小さな雪だった。その雪は今まだ、車道や歩道には積もっていなかった。だが、公園の芝生や生垣はうっすらと白くなり始めていた。

この雪はあしたの未明まで降り続くということで、都内の積雪は十センチを超えると予想されていた。

帰りの電車は大丈夫なのかな？

そんなことを思いながら、窓を閉めて自分の席に着くと、英太郎はこれから取り調べをする女性容疑者の調書をテーブルに広げた。

容疑者の名は柴田冬美《しばたふゆみ》。年齢は英太郎と同い年の三十五歳。職業は大手のクッキングスクールの講師だった。

柴田冬美の容疑は死体損壊《したいそんかい》だった。夫である柴田鉄男《てつお》の死体を自宅の浴室で、ナタやノコギリや包丁を使ってバラバラにした容疑で逮捕された。これまでの柴田の供述によれば、夫は自宅の二階で首を吊《つ》って自殺したようだった。

逮捕のきっかけは、ゴミ収集人の『収集所に出された生ゴミの中に、人骨のようなものが混じっていた』という通報だった。その通報を受けた警察官が、柴田の自宅を訪ねて犯行が発覚した。

都内にある柴田の自宅に踏み込んだ警察官たちは、キッチンにあった超大型の冷蔵庫に冷凍された生首を見つけた。柴田はその生首を、自分が切断した夫の頭部だと警察官に説明した。冷蔵庫にはほかにも、柴田が『夫の肉です』と供述した人肉と思われるものがあった。だが、その量は思いのほか少なかった。

肉の量が少ない理由を警察官に尋ねられた柴田は、平然とした態度で『食べました』

と答えたという。

そう。にわかには信じがたいことだが、柴田はバラバラにした夫の肉でさまざまな料理を作り、逮捕されるまで毎日、それを食べ続けていたというのだ。

手元の調書によれば、柴田冬美は都内にある調理の専門学校を卒業後に、大手のクッキングスクールに就職し、そこで講師として受講生たちに調理を教えていた。今流行《はや》りの誰にでも簡単に作れる料理ではなく、手間と時間をかけて作る本格的な料理を専門に教えていたようだった。

明るく朗らかな性格も手伝って、柴田の講座はクッキングスクールではとても人気があったようで、いくつかの出版社から料理の本を出版している。テレビの料理番組にも何度となく出演していたようだった。

柴田はワインにも造詣《ぞうけい》が深く、日本ソムリエ協会のワインエキスパートという資格を持っているらしかった。彼女の『ワインに合わせて食事を作る』『食事に合ったワインを探す』というふたつの講座は、どちらもクッキングスクールではとても人気だったという。

柴田は小説家になるという夫の夢を応援し、無職だった夫を経済的にも支えていたようだった。

英太郎が調書に目を通していると、すぐ背後にある鉄製のドアがノックされ、『横山《よこやま》です。入ります』という透き通った女の声が聞こえた。きょうの補佐官をする横山美鶴《みつる》の声だった。

「はい。どうぞ」

振り向かずに英太郎は答えた。

その直後に背後のドアが開けられ、そこから、刑事課に所属する横山美鶴と、容疑者の柴田冬美というふたりの女が姿を現した。

「それでは、柴田さん、そこにお座りください」

英太郎は立ち上がり、慇懃《いんぎん》な態度で容疑者に着席を求めた。

「はい。刑事さん、よろしくお願いいたします」

柴田冬美が丁寧な口調で答えると、英太郎に向かって深々と頭を下げた。肩までの長さで切り揃えられた髪が、天井からのライトを受けてつややかに光った。

「こちらこそ、よろしくお願いします」

英太郎は再び椅子に腰を下ろし、目の前に座った女の顔をじっと見つめた。

この女は本当に夫の肉を食べたのだろうか？　そんなおぞましいことができるようには、とても見えないが……。

女の顔を凝視しながら、英太郎はこんなことを思っていた。

柴田冬美は物腰が柔らかく、上品な物言いをする女で、逮捕されてからも警察官たちに常に礼儀正しく接していた。女としてはかなり背が高く、肉づきのいいぽっちゃりとした体つきをしていたが、目が大きくて鼻が高く、唇の形が良くて、なかなかの美人だった。クッキングスクールの校長によれば、柴田の講座には彼女目当てに来る男の受講生も少なくなかったのだという。

「それでは、柴田さん、これから取り調べを始めます」

容疑者の顔を真っ直ぐに見つめて英太郎は口を開いた。「ここで柴田さんが口にしたことは裁判での証拠として扱われることもありますので、慎重に発言してください」

「はい。わかりました」

英太郎の目を見つめ返した柴田冬美が答えた。逮捕されてからはすっぴんだったが、クッキングスクールに通っていた時は、濃くはないが入念な化粧をしていたようだった。

ふたりのやり取りを補佐官の横山美鶴が、ほっそりとした指でパソコンに記録し始めた。

きょうの補佐官の横山美鶴は英太郎より九つ年下の二十六歳だった。この署に勤務する女性警察官の中ではいちばん小柄で、ほっそりとした華奢《きゃしゃ》な体つきをしていたが、秋本由香と同様に正義感が強く、仕事熱心で、とても有能な女だった。きょうの横山美鶴は黒いジャケットに、チェックのタイトスカートを穿《は》いていた。足元は踵《かかと》の高くない黒のパンプスだった。

「柴田さん。柴田さんがご主人、柴田鉄男さんの死体をバラバラにして、調理して食べたというのは間違いありませんか？」

英太郎は尋ねた。刑事課に配属されてから、容疑者にそんな質問をするのは初めてのことだった。

「はい。間違いありません」

間髪を容《い》れずに容疑者が答え、その言葉を横山美鶴がパソコンに打ち込んだ。

「死体を傷つけることも、それを食べることも、どちらも犯罪です。柴田さんには、それが犯罪だとはわかっていましたか?」

英太郎は更に尋ねた。けれど、その言葉は正しくなかった。日本では死体を傷つけることは犯罪だったが、その肉を食べることを犯罪だとする法律はなかったから。

けれど、英太郎の考えでは、人肉を食べるということは、人体をバラバラにすることよりさらに罪深いことのはずだった。それは神をも恐れぬ忌まわしい行為だった。

「犯罪なのかどうかを考えたことは、一度もありませんでした」

やはり間髪を容れずに女が答えた。

「そうですか。自分がしていることが悪いことなのか、そうでないのかを考えることなく、あなたは夫の死体をバラバラにした。それだけでなく、その肉を調理して食べた。それはなぜですか? 理由をお話しいただけますか?」

おぞましさと嫌悪感がこみ上げるのを感じながら、英太郎は努めて事務的に尋ねた。

「夫を愛していたからです」

またしても、女が即座にそう答え、英太郎は不気味なものを見るような目で柴田冬美を見つめた。英太郎には彼女の言っていることがまったく理解できなかった。

「愛していたから食べた？ あの……柴田さん、わたしたちにもっとよくわかるように話してくださいませんか？」

英太郎の言葉に、女が静かに頷《うなず》いた。

悪びれるところの少しもないその態度から、柴田冬美が悪事を働いたと思っていないことは明らかだった。

2

取調室の椅子に背筋を伸ばして腰を下ろし、柴田冬美は目の前にいる刑事の顔を真っ直ぐに見つめた。

この警察署にいる警官たちの多くが、少し武骨で、少し粗野に感じられた。けれど、目の前にいる長谷川という刑事は、体こそ大きくて逞《たくま》しかったが、とてもハンサムで、ナイーブで、上品で、優しそうに見えた。ほかの私服警官たちとは違い、身につけているスーツもお洒落《しやれ》で洗練されていて、とても縫製がいいように感じられた。たぶん、既製服ではなく、オーダーメイドなのだろう。

けれど、ほかの警官たちと同じように、長谷川というこの私服警官も、冬美のことを不気味な女だと考えているようだった。冬美に向けられた切れ長で凛々《りり》しいその目には、明らかな嫌悪の色が浮かんでいた。

「愛していたから食べた？　あの……柴田さん、わたしたちにもっとよくわかるように話してくださいませんか？」

その刑事が目に非難の色を浮かべながらも穏やかな口調で言い、冬美はその言葉にゆっくりと頷いた。

取調室の様子はすべて録画され、警官と冬美のやり取りも録音されていると聞いていた。そんな今でも、冬美の左側には二十代の半ばに見える女の私服警官がいて、刑事と冬美の会話を逐一パソコンに打ち込んでいた。警官にしては小柄で華奢な体つきをした女で、なかなか可愛らしい顔をしていた。女は真っ直ぐな黒髪を背中に長く垂らしていて、前髪を眉毛《まゆげ》のすぐ上で一直線に切り揃えていた。

「あの日は朝からずっと冷たい北風が吹いていて、厚い雲が低く垂れ込めていて、とても寒い一日でした。クッキングスクールでの仕事を終えたわたしは、いつものように近所のスーパーマーケットで買い物をし、その荷物を抱えて自宅に戻りました」

あの日のことを思い出しながら、冬美は静かに話し始めた。落ち着こうとはしていたが、あの日のことを思い出すと、今にも涙が込み上げてきそうだった。

結婚してからの冬美は、都内にある一戸建てで夫とふたりで暮らしていた。結婚した時に、ふたりで長いローンを組んで買った中古の物件で、庭は狭かったし、部屋数も多くはなかったが、冬美にとっては『楽しい我が家』だった。

あの日、その家の玄関のドアを開けた冬美は、いつものように室内に向かって、「ただいまーっ！」と大きな声で呼びかけた。

いつもなら、「おかえりーっ！」という夫の鉄男の声がすぐに返ってきた。けれど、あの日はその返事が聞こえなかった。

コンビニにでも行ったのかな？

首を傾げながら玄関のたたきに靴を脱ぐと、冬美は家の奥へと向かった。

いつもなら、冷え切って帰宅する冬美のために、夫が室内を暖めておいてくれるはずだった。けれど、あの日の部屋の空気はひんやりと冷え切っていた。

「てっちゃん、ただいまーっ！　いないのーっ？」

なおも大きな声で呼びかけながら、冬美は家の中を見てまわった。心の中では、夫はどこかに出かけたのだろうと思っていた。

夫と冬美が結婚する時に購入した自宅は、二階建てではあったが、たいして広くはなかった。だから、夫が在宅なら、たとえどの部屋にいても冬美の声が聞こえないはずはなかった。

「てっちゃん、開けるよーっ」

最後に冬美は二階の書斎に行き、室内にそう声をかけてからそのドアを開けた。

室内に視線を向けた、その瞬間、冬美は凄《すさ》まじいまでの衝撃を覚えた。いや、衝撃などという生やさしいものではなく、全身が硬直し、心臓までが止まるかと思われるほどだった。

冬美は目を疑った。あろうことか、部屋の片隅のエアコンの脇で鉄男が宙吊《ちゅうづ》りになっていたのだ。

部屋の明かりは消されていたし、外はすでに真っ暗だったけれど、閉じられたカーテンの隙間から街路灯の光が入ってきたから、冬美にはその姿を見ることができた。

冬美は反射的に部屋の明かりを灯《とも》した。

そうしたことによって、宙吊りになっている夫の姿がさらにはっきりと見えるようになった。

鉄男の首には太いロープが巻きついていた。そのロープの反対側は、室外機へと繋《つな》がるエアコンのパイプにしっかりと縛りつけられていた。鉄男の足元には倒れた踏み台があった。

そう。冬美の最愛の夫は自殺したのだ。自らの意思で首を吊《つ》って死んだのだ。

「ああっ、てっちゃんっ！　てっちゃんっ！」

猛烈に取り乱しながらも、冬美は夫に駆け寄ると、机の上のペン立てにあったハサミを手に取り、夫の首に巻きついたロープを切断した。そして、どさっという音を立てて床に横たわった夫の首からロープを無我夢中で毟《むし》り取り、セーターの上からその胸に耳を押し当てて心臓の鼓動を聞こうとした。

夫の体はすでに冷たくなりかけていたから、心臓が動いているとは思えなかった。その予想通り、冬美の耳は夫の心臓の鼓動を聞き取ることができなかった。

「ああっ、てっちゃんっ！　どうしてこんなことをしたの？　起きてっ、てっちゃん！　お願いだから目を覚ましてっ！」

凄まじいまでのパニックの中で、冬美は夫の体を激しく揺すった。その後は、昔、保健体育の授業で習った蘇生《そせい》の方法を思い出しながら、心臓マッサージと人工呼吸を繰り返した。

けれど、夫の心臓が再び動き出すことはなかった。

死の瞬間には凄まじい苦しみがあったのだろう。夫の顔は苦痛に歪《ゆが》んでいた。

茫然《ぼうぜん》自失の状態で立ち上がると、冬美は目から涙を溢《あふ》れさせ、唇をわななかせながら室内を見まわした。

机の上には夫のパソコンがあり、その横に大手出版社が発行している月刊の文芸誌がページを開くようにして伏せられていた。

ぶるぶると激しく震える手でその文芸誌を摑《つか》むと、冬美は広げられたページに視線を向けた。きょうがその文芸誌の発売日で、新人賞の一次選考と二次選考の結果が掲載されていることを思い出したのだ。

思った通り、そこに新人賞の選考結果が掲載されていた。そして、思った通り、そこに夫の名前が載っていなかった。

今度の作品に命を懸けていると夫が言っていたことを、冬美ははっきりと覚えていた。そう。夫は本当に命を懸けていたのだ。そして、その作品が落選したことを悲観して、自らの命を絶ったのだ。

「わたしのせいだ……わたしのせいだ……こんなにまで追い詰めて……ごめんね……ごめんね……」

冬美は夫の亡骸《なきがら》に縋《すが》りついて絶叫し、自分の髪を滅茶苦茶《めちゃくちゃ》に掻《か》き毟った。

そこまで話すと、冬美は涙に潤んだ目で、向かいに座っている刑事のハンサムな顔を見つめた。

「柴田さん、落ち着いてください。大丈夫ですか？」

刑事が訊《き》いた。冬美が泣いていることに、動揺しているようにも見えた。

「ええ。大丈夫です。泣いたりしてすみません」

冬美が答えると、パソコンを操作していた女が白いハンカチを取り出し、「使ってください」と言ってそれを冬美に差し出した。

「ありがとうございます」

女性警官から受け取ったハンカチで、冬美は目頭をそっと押さえた。

「柴田さん。ご主人が首を吊っているのを見つけた時に、なぜ、すぐに通報しなかったんですか？」

　同情しているようにも聞こえる口調で刑事が尋ねた。

「夫を失いたくなかったからです……」

　ハンカチを握り締め、呟《つぶや》くように冬美は答えた。その声が震えていた。

　そう。あれから何日もすぎているというのに、あの時のことを思い出すと、込み上げる涙を抑えることがどうしてもできなかった。

「失いたくなかった？　それは、どういうことですか。ご主人はすでに亡くなっていたのですよね？」

　刑事が不思議そうな顔をして訊いた。

「だって……通報したら、警察が夫を連れて行ってしまうから……そして、夫は焼かれて、骨だけになってしまうから……」

　声を振り絞るようにして冬美は言った。けれど、刑事には冬美の言うことが理解できていないように見えた。

3

　凄まじいまでに取り乱し、とめどなく涙を流し続けながらも、わたしは息をしなくなってしまった夫を抱き上げて、書斎のすぐ隣にあるわたしたちの寝室へと運んだ。冷たい床の上ではなく、柔らかなベッドに寝かせてあげたいと考えたのだ。

夫の身長はわたしとまったく同じ百七十三センチだったが、羨《うらや》ましいことに体重はわたしより十キロ近くも軽かった。だから、わたしにとっては、彼を抱き上げて隣室へと運ぶのはそれほど大変なことではなかった。

夫が首を吊ってから、すでにかなりの時間がすぎていたのかもしれない。夫の体は冷え切っていただけでなく、腕や脚の関節の部分に死後硬直だと思われるものが現れていた。

「ごめんね、てっちゃん……こんなにまで追い詰めてしまって、本当にごめんね……ごめんね……ごめんね……」

夫を寝室に運びながら、わたしは何度もそう繰り返した。

そう。夫が命を絶ってしまったのは、このわたしのせいなのだ。わたしが彼をそこまで追い詰めてしまったのだ。

キングサイズの大きなベッドに夫を仰向《あおむ》けに横たえると、わたしは彼の体に柔らかな羽毛の布団をそっとかけた。そして、自分はそのベッドのすぐ脇のカーペットの上に蹲《うずくま》り、なおもぽろぽろと多量の涙を流し続けながら、苦しみに歪んでしまった夫の顔をまじまじと見つめた。

ああっ、どうして小説家になれなんて言ってしまったのだろう？　どうして、教師の職を辞すように勧めてしまったのだろう？

わたしのせいだった。すべてがこのわたしのせいだった。

たぶん、夫はわたしが『頑張って』『応援してるよ』『次こそ受賞できるよ』などと口にするたびに、どんどん、どんどん追い詰められていったのだろう。

あの日のわたしはかつてないほどに動揺していた。失ったもののあまりの大きさにうろたえ、これからどうしていいのかが、まったくわからなくなっていたのだ。

その動揺を抑えるために、わたしはキッチンへと向かった。

そう。昔から、どれほどショックを受けている時でも、どれほど落ち込んでいる時でも、キッチンに立って料理をすると心に平安が戻ってきたからだ。

飼い猫のミーコが死んだ時にも、わたしはキッチンに立った。父が癌で亡くなった時にも、わたしはキッチンへと向かった。そうすることで、わたしはいつも、我を失わずに済んだのだ。

一階のキッチンに立ったわたしは、まず冷蔵庫を開けて中にある食材を確認した。そして、前日にわたしがスーパーマーケットで買ってきた骨付きの鯛《たい》の切り身と、冷凍にした大粒のアサリと、フレッシュタイムとエシャロットとイタリアンパセリがあるのを確認し、今夜のメインディッシュはブレゼにしようと決めた。

ニンニクとドライトマトとオリーブとレモンは、どんな時でも必ずキッチンにあったし、ローズマリーは真冬でも庭で元気にしていたから確認する必要はなかった。

ブレゼは南仏の代表的な料理のひとつで、イタリア料理のアクア・パッツァによく似ている。ブレゼを簡単に作る方法はいくらでもあるけれど、今夜のわたしは徹底的に手間をかけ、時間をかけてそれを作るつもりだった。

前菜はニース風のサラダと、エビとグレープフルーツのサラダを作ろうと決めた。ブレゼを食べる前に、そのサラダを食べながら、まずは南仏のロゼワインをよく冷やして飲むつもりだった。

ふだん、夕食の支度はいつも家にいる夫がしてくれた。キッチンでの夫は毎日、それなりに頑張ってくれていた。だが、それは『男の料理』の典型で、かなり雑で、ワンパターンで、はっきり言ってあまり美味《おい》しくなかった。冷凍食品やレトルト食品も多くて、そういう料理がテーブルに並んでいるのを見ると、わたしはいつもうんざりとした気持ちになった。

それでも、わたしはいつも『美味しいね』と言ってそれを食べていた。

仕事がある日には、わたしは自宅で料理をしなかった。だから、その罪滅ぼしに、休日のわたしは手の込んだ料理を作るのが常だった。わたしは基本的に月曜日と火曜日に休んでいた。

巷《ちまた》では『誰でも簡単に作れる料理』や『時間をかけずに作れる料理』がもてはやされている。ネットにもそういう調理法が溢れている。

そういう料理を非難するつもりは、わたしには少しもない。誰もが忙しくて疲れているから、料理に時間や手間をかけられないのだ。

けれど、わたしは昔から、食べる人が喜ぶ顔を思い浮かべながら、手間と時間をかけ、精魂込めて料理を作るのが好きだった。

勤務先のクッキングスクールでのわたしは、『いつもより一手間も二手間もかけた料理』を受講生たちに教えていた。

わたしにとって、食べるということは生きることだった。生きていく上で何よりも大切なことだった。

そのための料理に、手抜きをすることはできなかった。

思った通り、料理を始めると、少しずつだが気持ちが落ち着いていった。新たな涙も、いつしか溢《あふ》れなくなった。

出来上がった料理の数々を大きなトレイに載せて、わたしは寝室へと向かった。そして、寝室のテーブルの上にそれらの料理を並べ、ベッドの上の夫の顔を見つめ、南仏のプロヴァンス地方で作られたロゼワインを飲みながらゆっくりと味わった。

「てっちゃんも食べたい？　すごく美味しいわよ」

ゆっくりと食事を続けながら、わたしは夫に声をかけた。

もちろん、夫は返事をしなかった。それが悲しかった。

ニース風のサラダにはそのロゼワインがよく合っていたし、ブレゼの味もよく引き立ててくれた。けれど、そのワインは酸が少し弱めで、エビとグレープフルーツのサラダにはあまり合わなかった。

ふだんのわたしなら、冷蔵庫からもっと北のワインを……たとえばロワール地方の白ワインを、あるいは、ブルゴーニュ地方の白ワインを取り出すためにキッチンへと向かっただろう。けれど、今夜はそうする気力は湧かなかった。

夫とふたりでする食事は、いつもとても楽しかった。夫が喜ぶ顔を思い浮かべてワインを選ぶのも嬉《うれ》しかった。けれど、今夜は食べているうちに、悲しみと寂しさがどんどん、どんどん募っていった。

ひとりで食事を続けることに耐えきれず、わたしはベッドに歩み寄り、夜ごとにしていたように夫の隣に身を横たえた。そして、もう二度と動くことのない夫の体を強く抱きしめ、その肩の辺りに顔を押しつけ、声を上げて泣いた。

4

時折、声をつまらせながら、柴田冬美は供述を続けていた。涙を抑えることがどうしてもできないようで、女は横山美鶴から手渡された白い木綿のハンカチでしきりに涙を拭《ぬぐ》っていた。

「たいていの夜、夫とわたしは一緒にお風呂《ふろ》に入っていました。結婚してからずっとそうしていたんです。でも、その晩は、わたしはひとりで入浴しました。ひとりで湯船に浸《つ》かっていると、また言いようのない寂しさと悲しみとが込み上げてきました。今朝まで いた人が今はもういないんです。これからはもう、二度とあの人と話をすることができないんです。そう考えると、凄《すさ》まじいまでの喪失感が湧き上がってきて、頭がおかしくなってしまいそうでした」

女がそこまで言った時、パソコンの操作を続けていた横山美鶴が、急に「すみません」と断ってからテッシュを取り出して鼻をかんだ。

驚いたことに、正義感に溢れる有能な女性刑事の目には涙が浮かんでいた。どうやら、容疑者に同情しているらしかった。

いつも毅然《きぜん》としているけど、本当はナイーブな子なのかもしれないな。

横山美鶴の涙を目にして、英太郎はそんなことを思った。横山美鶴は独身の男性刑事たちのあいだでは人気者で、彼女を恋人にしたいと思っている男が、英太郎の知る限りでもふたりいた。白井亮太もそのひとりだった。

けれど、横山美鶴のほうは、男たちの求愛をことごとく断っているようだった。

「すみません、柴田さん。続けてください」

鼻をかみ終えた横山美鶴が言い、柴田冬美が小さく頷《うなず》いてから再び供述を始めた。

「あの晩、入浴を終えたわたしは寝室に戻り、夫が着ていたものをすべて脱がせ、下着もみんな脱がせて裸にしました。そして、自分も全裸になって夫の隣に身を横たえ、夫の名を繰り返し呼びながら、肌と肌とを擦《こす》り合わせ、夫の体のいたるところにキスをしたり、頬擦りをしたりしました。夫は基礎体温がとても高い人で、裸で体を合わせた時には、いつも熱いほどの体温をわたしに伝えてくれたものでした。でも、あの夜の夫の体はひんやりとしていて、わたしの体温は彼の体にどんどん吸い込まれていきました。それが、あの……やりきれないほどに悲しかった」

そこまで言うと、女がまた白いハンカチで目頭を押さえた。

「旦那《だんな》さんを愛していたんですね？」

英太郎はそう口にした。夫の肉を料理して食べたという女の気持ちは、今もまったく理解できなかった。それでも、柴田冬美の夫への想いは英太郎にもはっきりと伝わってきた。

「はい。愛していました。心の底から、あの人が好きでした」

顔を上げた女が、真っ赤になった目で英太郎を見つめて言った。

「羨《うらや》ましい旦那さんですね」

そう言うと、英太郎は妻の千春の顔を思い浮かべた。

英太郎は今も千春を愛している。自分が妻を愛していると信じている。

かつては千春もそうだったはずだ。英太郎のことを、この世の誰より愛していたはずだ。けれど、今では自分が妻にそれほど愛されているとは思えなかった。

5

わたしの旧姓は野崎《のざき》といった。野崎冬美だ。

わたしは小学校に入学した時から調理の専門学校を卒業するまで、ずっとクラスの女子の中でいちばん背が高かった。それだけでなく、根っからの食いしん坊で、美味しいものに目がなかったから、小学生の頃からずんぐりとした体つきをしていた。

一般には、大きくて太った女、いわゆる『大女』は男の人には人気がないと思われている。だから、女たちはみんなダイエットに励むのだろう。

だが、わたしに限ってはそんなにモテなかったわけではなく、中学生や高校生だった時も、調理の専門学校に通っていた時も、男子たちから何度となく愛の告白を受けたものだった。

クッキングスクールにやって来る受講生たちの多くが女性だったけれど、男性も少なくはなかった。これまでにわたしは、そんな男の受講生たちから交際を求められたことも何度かあった。そんな人たちの中には、かなりしつこい男の人もいた。

けれど、わたしはその人たちの求めには一度として応じなかった。

異性と交際するなら、心から好きだと思える人にしたかった。そうでない人と付き合うのは、相手に対しても失礼だというような気もしていた。

そういうわけで、あの頃のわたしは男の人と付き合ったことが一度もなかった。

都立高校の国語の教師だった夫の鉄男とわたしが出会ったのは、今から八年前の四月のことだった。わたしの講座を受講するために、夫がクッキングスクールにやって来たのだ。

ひとり暮らしで自炊もしていた夫は、いつももう少しマシなものを作って食べたいと思っていたらしい。それで、わたしの『いつもより一手間かけた料理を作る』という講座を受講してみようと考えたようだった。

その講座は毎週日曜日の午後一時から四時まで行われていた。その初日、四月の第一週に教室に姿を現した夫を目にした瞬間、わたしは彼に特別なものを感じた。

一目惚《ひとめぼ》れ？

もしかしたら、そうだったのかもしれない。

異性に対してそんなふうに感じたのは、もしかしたら、それが初めてだったかもしれない。

『いつもより一手間かけた料理を作る』という講座の定員は十五人だったが、募集をするとあっという間に定員に達してしまった。わたしの講座は、いつもたちまち定員に達してしまうのだ。

受講生十五人のうちの十二人が女性で、男性は夫も含めて三人だけだった。ほかのふたりの男性は仕事が忙しいようで、講座に来たり、来なかったりした。けれど、夫は日曜日の午後のその講座に必ず出席し、メモを取りながらわたしの話を熱心に聞き、わからないことはすぐに質問をし、ぎこちない手つきで一生懸命に料理を作った。

あの頃、夫もわたしも二十七歳だった。

「料理をするのがこんなに楽しいとは思いませんでしたよ。これからはきっと、日曜日に野崎先生と会うのが待ち遠しくなるんだろうな」

講座が始まった最初の日に、夫は人懐こそうな笑顔を見せてわたしに言った。

わたしもまた、すぐに日曜日を楽しみにするようになった。夫に料理の指導をするのがとても楽しかったからだ。

夫は決して美男子ではなかった。だが、明るくて、剽軽《ひょうきん》で、とてもお茶目な性格だったから、女性受講者たちにも人気だった。夫が口にする冗談はとても楽しくて、あの講座でのわたしたちは、みんないつも笑っていたものだった。

そういうこともあって、『いつもより一手間かけた料理を作る』は、かつてないほどアットホームな雰囲気の講座になっていた。

こんな人と一緒に暮らしたら、すごく楽しいだろうな。

受講生たちに料理を教えながら、わたしはいつもそんなことを思っていた。

けれど、わたしは同時に、そんなことはあり得ないだろうとも考えていた。夫は異性にとてもモテそうな男だったから。

その夫から交際を求められたのは、『いつもより一手間かけた料理を作る』という講座が始まった三ヶ月後、七月の第一週の講座が終わった時のことだった。

ほかの受講生たちがみんな出て行った教室で、後片付けをしていたわたしに夫がゆっくりと近づいてきた。

夫は笑みを絶やさない男だった。けれど、あの時の彼の顔は、どことなく強張《こわば》っているように見えた。

「柴田さん、何かご質問ですか？」

わたしは夫に笑顔で尋ねた。

わたしたちの身長はまったく同じだったし、わたしは踵《かかと》の高い靴をめったに履かなかったから、向き合って立つといつも、その目の高さがほとんど同じになった。

「野崎先生、僕と結婚を前提に付き合っていただけませんか？」

顔を強張らせたままの夫が、真っ直ぐにわたしを見つめてそう言った。

「えっ？　柴田さん、あの……今、何と……おっしゃったんですか？」

思いもかけなかった告白に、わたしはひどく驚いた。

「だから、僕の恋人になってくださいと言ったんです。僕はきっと先生を幸せにします。一生大切にします」

怖いほど真剣な顔をして夫が言った。

「はい……あの……わかりました」

わたしは小声で答えた。顔が真っ赤になるのがわかった。

「えっ？　いいんですか？　僕と付き合ってくれるんですか？」

身を乗り出すようにして夫が訊《き》いた。

「はい。あの……よろしくお願いいたします」

顔を真っ赤にしたまま、わたしは彼に頭を下げた。その瞬間、体の中に強い喜びが広がっていくのがわかった。

6

夫が死んだ夜はほとんど眠れなかった。うとうととまどろむことはあったが、深い眠りに落ちることなく、まどろむとすぐに目を覚ました。窓の外が明るくなり始めるまで、そんなことを何度となく繰り返した。

目を覚ますたびに、夫がもうどこにもいないのだということをわたしは実感した。そして、『てっちゃん』『てっちゃん』と夫の名を繰り返し呟《つぶや》きながら、とめどなく涙を流し、それを延々と枕に吸い込ませ続けた。

翌朝、洗面所の鏡に顔を映してみると、瞼《まぶた》がひどく腫《は》れ上がり、目は真っ赤に充血し、わたしの顔は見るも無残なことになっていた。

こんな顔をみんなに見られたくないな。きょうは休んで、ずっとてっちゃんのそばにいてあげようかな。

そんな考えが頭をよぎった。それでも、わたしはいつものように出勤することに決めた。

わたしの講座にやってくる受講生たちを放り出すような、無責任なことはしたくなかったから。

「それじゃあ、てっちゃん、出かけてくるね。なるべく早く帰るようにするから、待っててね」

ベッドに横たわったままの夫にそう声をかけて、わたしは後ろ髪を引かれるような思いで家を出た。

あの日の午前に予定されていたのは、『いつもとはちょっぴり違う肉料理』という講座で、わたしは受講生たちに一手間かけたハンバーグの作り方を教えることにしていた。

ひき肉の生地にパン粉やつなぎなどを一切加えず、タマネギを生のまま使うというタイプのもので、ひき肉とタマネギの美味《おい》しさがダイレクトに表現できる逸品だった。

何年か前の一時期、わたしは『ハンバーグをもっと美味しくて、もっと贅沢《ぜいたく》なものにできないだろうか』と考えていたことがあった。その時に、牛のひき肉だけを使ってハンバーグの生地をこねてみたり、そこに豚を混ぜたりということを何度も試していた。

生地の混ぜ方や、そこに加える調味料についても試行錯誤を繰り返した。

単独の牛のひき肉でなく、豚との合いびき肉を使うと、コクが出て美味しくなるということはわかったのだが、牛肉に混ぜる豚肉の分量ではさんざん悩んだ。

わたしは一ヶ月以上にわたって、何十個という数のハンバーグを作り、それをフライパンで焼いて食べ、ついに牛ひき肉を三に、豚ひき肉を一という割合で混ぜるのが、いちばん美味しいという結論に達した。

だから、きょうもその割合で牛と豚を混ぜて生地を作るつもりだった。ハンバーグのつけ合わせとして、きょうの講座では皮付きの生のジャガイモを使って本格的なポテトフライを作ることにしていた。さらに、ヤングコーンとブロッコリーと、グリーンアスパラガスとカリフラワーをさっと茹《ゆ》で、オリーブオイルで和《あ》えたつけ合わせの料理も作る予定だった。

本当はフランスパンも作りたかった。だが、さすがに時間が足りないので、フランスパンは市販のものを用意した。

「飯田《いいだ》さん、そんなに頑張ってこねなくていいんですよ。あまりこねまわさないというのが、ハンバーグ作りのポイントのひとつです。相沢《あいざわ》さん、いいですね。すごく手つきがいいです」

いつもそうしているように、わたしはハンバーグの生地を一生懸命に作っている受講生たちのあいだを歩きながら、彼らのボウルの中の生地の具合を確認していった。

講義をしているあいだも、夫を失ったことの悲しみが絶え間なく込み上げてきた。けれど、わたしの話に熱心に耳を傾けている受講生たちの顔を見ていると、その強い悲しみはいくらか癒《いや》された。夫がいなくなってしまった今では、料理を教えることだけがわたしの心の支えだった。

わたしは受講生たちに『おかしい』と思われないように努めていた。それでも、受講生の何人かはわたしの様子が、いつもとは違うということに気づいたようだった。生地作りが終わりに近づいた頃、生徒のひとりから「先生、どうかされたんですか？　きょうは元気がないですよ」と言われた。

「ありがとう、小林《こばやし》さん。そうね。このところ、ちょっと疲れているのかもしれません。でも、大丈夫ですから、ご心配なく」

そう言うと、わたしはできるだけ自然な笑みを浮かべようとした。

『あの人の肉を食べてみよう』

急にそう思いついたのは、出来上がったハンバーグを受講生たちと一緒に試食している時だった。

夫を食べることでわたしの体の中に取り込めば、あの人とわたしは再び一体になれるような気がしたのだ。

7

その日の夜、クッキングスクールでの勤務を終えて自宅に戻ったわたしは、全裸の夫を抱き上げて一階にある浴室へと向かった。

今年の夏に、わたしたちは浴室のリフォームをしたばかりだったから、浴室はとても明るくて、近代的で洒落《しゃれ》ていた。ジャグジー付きのバスタブはとてもゆったりとしていて、わたしは毎晩、夫とふたりでそのバスタブに身を浸したものだった。

結婚してからのわたしたちは、ほとんど必ず、一緒にお風呂《ふろ》に入っていた。異性である夫と一緒に入浴することが、結婚したばかりの時には恥ずかしかった。けれど、すぐに、わたしはそれに慣れた。

夫は豊満な体つきをした女が好きなようで、わたしにはいつも『痩《や》せるなよ』と言っていた。

夫は時折、わたしの体を見ることで性的な高ぶりを覚えたようで、浴室内でわたしに男性器を咥《くわ》えさせたり、わたしに四つん這《ば》いの姿勢を取らせて、背後から男性器を挿入したりした。

密閉された浴室内に、自分の口から出る淫《みだ》らな声が響くのを、わたしはしばしば耳にしたものだった。

そんなことを思い出しながら、わたしは何本ものナイフと包丁と、ノコギリとナタとを用意し、血まみれになってもいいように自分も裸になった。

とても寒い晩だったから、わたしは浴室の暖房をつけた。そして、床に横たわっている全裸の夫を見つめながら、浴室内が充分に暖まるのを待った。

いよいよ夫の体を切り裂くという時には、いくらか心が震えた。これから自分がしようとしていることは、神をも恐れぬ忌まわしい行為にも思われた。

「てっちゃん、いいよね？　食べてもいいよね？　てっちゃんも、このわたしに食べられたいよね？」

目を閉じたままの夫にわたしは問いかけた。そして、もう何も考えず、浴室に広がる血をシャワーの湯で流しながら、まずはノコギリを使って、夫の体を黙々とバラバラにし始めた。

わたしは最初に、夫の体から頭部を切り落とした。そして、切り口から血が流れなくなるのを待ってビニール袋に納め、それを持って裸のままキッチンに向かい、急いで冷凍庫に保存した。

そうして冷凍保存しておけば、いつでも好きな時に夫と再会できると考えたのだ。

夫の頭を冷凍庫に収めると、わたしは浴室に戻り、またノコギリを使って左右の腕を切断し、二本の脚を胴体から切り離した。その後は、やはりノコギリを使い、腹部を臍《へそ》の辺りで真っ二つに切断した。

夫は痩せていたから、皮下脂肪はそれほど多くはなかった。それでも、皮下脂肪の層はすべての箇所に存在し、ノコギリの歯にはすぐに黄色い脂肪が付着して、たちまちにして切れ味が失われてしまった。

だから、わたしはノコギリが切れなくなるたびに、何枚ものキッチンペーパーを使って歯に付着したベタベタとした脂肪を丁寧に取り除いた。

ノコギリでは切断が難しい大腿骨《だいたいこつ》などは、ナタを振り下ろして切断した。

おぞましさは、ほとんど感じなかった。自分が異常で、不気味なことをしているのだという感覚も徐々に失われていき、わたしはやがて夫の体をバラバラにすることに夢中になっていった。

わたしは鋭利なナイフや包丁を使って切り分けた夫の肉を、その部位ごとに分けてラップに包んでからポリ袋に入れた。そして、その袋に『太腿《ふともも》』とか『二の腕』とか、『脹《ふく》ら脛《はぎ》』『肩』『胸』『背中』『尻《しり》』『肝臓』『腎臓《じんぞう》』『胃』『小腸』などと油性ペンで書き込んだ。そうしておけば、調理する時に便利なはずだった。

数日のうちに調理するつもりの部位は冷蔵庫に入れ、ほかの部位は冷凍庫で保存した。

大切な夫の体を、ほんの少しも無駄にはしたくなかった。どうしても食べられないだろうと判断して捨てると決めたのは、直腸や膀胱《ぼうこう》など、ごく一部の内臓だけだった。

わたしは骨に付着した肉を小さなナイフで丁寧に削《そ》ぎ落とし、内臓の多くもラップに包んでポリ袋に収めた。骨は大鍋《おおなべ》で煮込んでスープのダシを取るつもりだった。陰茎や睾丸《こうがん》も捨てることはせず、ラップに包んで冷凍保存した。

すべての行為が終わり、浴室をきれいに掃除し、自分の全身をボディソープで洗い終えた時には、始めてから四時間近くが経過していた。

わたしは疲れ切っていたけれど、休むつもりはなかった。これからすぐに調理を始め、夫と再び一体になるつもりだった。

8

わたしは夫の肉のフィレの部分、英語で言うとテンダーロインの部分を使って、まずはステーキを作ろうと考えた。ステーキはシンプルな料理ではあったけれど、肉そのものの味をダイレクトに味わうにはいちばんの方法だとわたしは考えていた。

わたしはまずフィレの部分の肉を三センチほどの厚さにカットした。このぐらいの厚さがないと、本当に美味《おい》しいステーキはできないのだ。

ステーキを焼き始める前に、まずは皮付きのジャガイモを茹でて裏ごしした。そして、そこにバターを加えて木べらでよく混ぜあわせ、さらに温めた牛乳と生クリームを加え、塩と白胡椒《こしょう》とで味付けをして、ステーキのつけ合わせにするためのマッシュポテトを作った。このマッシュポテトは夫の好物で、わたしは頻繁にそれを作ったものだった。

マッシュポテトが出来上がると今度はエシャロットとニンニクを、その繊維を断つように薄くスライスした。それから、いよいよ三センチの厚さにスライスした夫の肉の両面に岩塩を振り、砕いた黒胡椒をまんべんなく振った。

クッキングスクールでのわたしは、学校が用意してくれたテフロン加工のフライパンを使っている。けれど、自宅ではずっと同じ鉄製のフライパンで調理をしている。中学生だった時に近所の金物屋で買った黒いフライパンで、わたしの大切な相棒だった。その古いフライパンは、これまでに洗剤で洗ったことがただの一度もないから、その表面は脂がよくなじんでピカピカに光っている。

そのフライパンを充分に熱してから、わたしはその中に夫のフィレ肉と、夫の腹部から削ぎ落とした脂身を入れて中火で焼き始めた。ジューシーに焼くためには、強火にしないというのがコツだった。

肉の端のほうの色が滲《にじ》み、つやが出てきたらフライパンに接している面が焼けた合図だった。わたしは肉を裏返し、フライパンの中で溶けた脂を小ぶりなスプーンで何度もすくって、肉の上から何度もかけた。脂をかけて上からも熱を加えることで、厚い肉の内部まで熱が届くのだ。

肉を焼いているとキッチンに素敵な香りが立ち込め、食いしん坊のわたしは思わず込み上げる唾液《だえき》を嚥下《えんか》した。わたしはあまり火の通っていない、レアのステーキが好みだった。

夫の肉を焼きながら、その焼け具合を確認するために、わたしは何度となく肉を指先で押した。牛肉や豚肉はこれまでに何百回、いや、何千回と焼いてきた。だが、人肉を焼くのは初めてだったから、いつもよりさらに慎重になった。

ああっ、わたしは今、愛する人の肉を焼いているんだ。これからその肉を食べようとしているんだ。

わたしは何度もそう考えた。

自分のしていることが人の道に外れたことだとは、わたしにもよくわかっていた。それでも、やめようとは思わなかった。わたしはどうしても、最愛の人と再びひとつになりたかった。

肉の表面につやが出てきたところで、フライパンの中から脂身を取り除き、ニンニクを加えて炒《いた》めた。

そうしたことによって、今度はキッチンにニンニクの香りが立ち込め始めた。それを合図に、わたしは肉をフライパンから取り出し、ドイツ製の美しい白磁の皿の上で休ませた。そして、肉の代わりにスライスしたエシャロットをフライパンに入れ、焦げないように気をつけながら中火でゆっくりと炒めた。

もうすぐだ。もうすぐわたしたちは、またひとつになれるんだ。

ニンニクとエシャロットを炒めている途中で、そこに岩塩をひとつまみ加えて味見をした。そして、素材に完全に火が通ったのを確かめてから、焼き上がった肉の上に丁寧に盛りつけた。

最後に、白磁の皿に載った肉にみじん切りにしたパセリを振りかけ、最初に作ったマッシュポテトと小さな器に注いだ醤油《しょうゆ》を添えた。いろいろと試してみたけれど、ステーキには醤油がよく合うとわたしは感じていた。

「完成っ！」

誰にともなく、わたしは言った。

そう。それでこの料理は出来上がりだった。

出来上がった料理の前に座り、わたしはブルゴーニュグラスと呼ばれるバルーン型の大きなグラスにワインを注ぎ入れた。フランスのボルドー地方で作られる、色が濃くてタンニンの強い赤ワインだった。

わたしはどちらかと言えば、赤ワインより白ワインのほうが好きだったから、白肉と呼ばれる豚肉や鶏肉《とりにく》を使った料理には、いつも白ワインを合わせていた。けれど、人肉は食べたことがなかったから、どんなワインに合うのかは見当がつかなかった。

それでも、焼いている時の感じでは、赤肉と呼ばれる牛肉や羊肉に近いような気がした。それで、とりあえず、赤肉に合うとされる赤ワインを合わせてみることにした。

ナイフとフォークを手に、わたしは目の前の肉をゆっくりと切った。そうすることによって、赤い断面が現れた。

夫のフィレ肉は牛肉や子羊の肉よりも少し硬かった。色も少し淡かった。

「てっちゃん、いただくね」

夫の笑顔を思い浮かべながら、わたしはそう呟《つぶや》いた。そして、フォークの先の夫の肉をゆっくりと口に運び、口の中のそれを静かに嚙《か》み砕いた。

ジューシーな肉の味が口の中にふわりと広がっていった。

それはわたしが初めて経験する味だった。確かに肉のものだったけれど、淡白な鶏肉や豚肉のそれとはかなり異なっていた。牛肉とも羊肉とも違ったが、味が濃密で、赤ワインに合うところは共通していた。

フィレの部分であるにもかかわらず、夫の肉は繊維質が多くて、少し硬いようにも思われた。けれど、その歯応《はごた》えもまた悪いものではなかった。

そう。夫の肉は、少なくともわたしにはかなり美味しく感じられたのだ。

「美味しい……てっちゃん……美味しいよ……美味しいよ……」

肉を嚙み砕きながら、わたしはまた呟いた。今にも涙が出てきそうだった。

9

うっとりとしたような顔をして夫の肉の味を喋《しゃべ》り続けている柴田冬美という同い年の女を、英太郎は無言で見つめていた。

女の供述態度に呆《あき》れていたのだが、努めてそれを顔には出さないようにしていた。

「あの……長谷川さん、ちょっと口を挟んでもよろしいですか？」

顔を俯《うつむ》かせて容疑者の供述をパソコンに打ち込んでいた横山美鶴が、その顔を静かに上げておずおずとした口調で言った。唇に塗り重ねられたルージュが光った。

決して濃くはなかったが、横山美鶴の顔にはいつも入念な化粧が施されていた。

「何ですか、横山さん？」

切り揃えられた前髪の下の横山美鶴の目を見つめて英太郎は訊《き》いた。記録者である補佐官が取調室で容疑者に質問するのはよくあることで、秋本由香などはしばしば口を挟んだものだった。だが、奥ゆかしいところのある横山美鶴にしては珍しいことだった。

「柴田さん、あの……人間の肉っていうのは、あの……本当に美味しいものなのでしょうか？」

その言葉は英太郎を驚かせた。正義感が強くて真面目で仕事熱心な横山美鶴のような女が、そんなどうでもいいことを口にするとは信じられなかった。

そう。人間の肉がうまかろうと、まずかろうと、そんなことは捜査とはまったく無関係のことだった。

「はい。人によって感じ方は異なるのでしょうが、わたし自身はかなり美味しいと感じました。牛とも豚とも羊とも違いますし……夫が三十五歳だったということもあって、少し肉は硬かったのですが、味はなかなかのものでした。というか……わたしには牛や豚や羊よりも美味しいと思えました」

横山美鶴の顔を真っ直ぐに見つめ、少しも悪びれずに柴田冬美が答えた。

「そうなんですね。ありがとうございました。話の腰を折ってすみません。あの……柴田さん、供述を続けてください」

横山美鶴が申し訳なさそうに言った。自分がつまらない質問をしたことを、恥じているようだった。

「刑事さんたちも、人の肉を食べてみたいと思いませんか?」

そう言うと、柴田冬美が英太郎に視線を向けた。

「思いません。少なくとも、わたしは思いません。それは人の道に外れたことです」

英太郎は即座に答えた。

けれど、その言葉が本心だという自信はなかった。

この取り調べを開始するまでは、人間の肉を人間が口にするなんて、英太郎には理解ができなかった。けれど、容疑者の女の話を聞いているうちに、自分もそのステーキを食べてみたいという思いが湧き上がってきたのだ。

その証拠に、英太郎の口には唾液が込み上げていた。さっきから強い空腹も感じていた。

きっと横山美鶴も同じだったのだろう。だから、つい、あんな愚かな質問をしてしまったのだろう。

おかしなやつらと向き合っていると、こっちまでおかしくなってくる。

再び供述を始めた大柄な女を見つめて、長谷川英太郎はそんなことを思っていた。

10

学生時代から小説を書いていたという夫は、都立高校の国語の教師になってからも、時間を見つけては小説を書き続けていた。

「国語の教師という仕事は好きだし、天職だとも感じているけど、でも、本当は小説家になりたいんだ。プロの小説家として、大勢の人に自分が書いたものを読んでもらいたいんだ」

まだ結婚する前に、彼がわたしにそう言ったことがあった。

大学生の頃の夫は純文学とラブストーリーを書いていたらしい。けれど、教師になってからの彼は、ストーリーが込み入っていて、ラストシーンにどんでん返しがあるようなエンターテインメント系の小説を主に書いていた。

結婚前も夫婦になってからも、夫はひとつの物語が書き上がるたびにそれをわたしに読ませてくれた。わたしはいつも、その小説をとても面白いと思った。夫の書いた小説を読んでいると、すごくワクワクとしたのだ。そして、夫には小説を書く才能があるのだと、はっきりと感じた。

夫は作品をいろいろな文芸誌の新人賞に投稿していた。ほとんどの時、夫の作品は一次選考を通過した。二次選考に残ることも少なくなかった。だから、諦《あきら》めずに書き続ければ、いつか新人賞をもらえるような気がした。

「てっちゃんなら、きっとプロになれるよ。だから、頑張って書き続けて。応援するよ」

いつだったか、わたしがそう言うと、彼は本当に嬉《うれ》しそうな顔をした。

あの頃の夫には、物語のアイディアが次から次へと湧き出てきたようだった。けれど、結婚した頃とは違って、クラス担任と弓道部の顧問をしていたあの頃の夫は本当に忙しくて、執筆に当てられる時間がほとんど持てなかった。

日曜日は休みだったが、その日はたいてい弓道部の試合や練習があって家にいることはできなかった。学期末は一段と忙しくて、休みの日も自宅に書類を持ち帰って仕事をしていた。

「ああっ、もう少し執筆の時間が取れるといいんだけどなあ」

自宅に持ち帰った仕事をしながら、夫はよくそんな言葉を口にしていた。

十年ほど前、二十五歳だった頃に、わたしはクッキングスクールの校長の推薦を受けてテレビの料理番組に出演した。それはある程度は好評だったようで、その後もいくつかのテレビ局の料理番組に講師として出演した。

ごく稀《まれ》にだったが、テレビを見たという人に「野崎先生ですね？」と街で声をかけられることもあった。

そう。テレビに出演した時のわたしは、旧姓の野崎を名乗っていたのだ。さらにはテレビ局の紹介を受けて、『野崎冬美』の名でいくつかの出版社から数冊の料理本を出版してもらっていた。そんな本が自宅に届けられるたびに、わたしはその一冊を夫にプレゼントした。

夫がその本にサインをして欲しいと言うから、わたしはいつも、ペンで『最愛の人へ』と書いてサインをした。

わたしの料理は手が込んでいて、作るのが面倒なものが多かったから、飛ぶように売れたわけではない。けれど、夫はわたしが新しい料理本を出版するたびに、それをとても羨《うらや》ましがっていた。

「いいなあ。いつか、俺も冬美みたいに自分の本を出してみたいよ。そんな日が本当に訪れたら、どんなに嬉しいだろうなあ」

わたしの料理本をペラペラとめくりながら、夫はいつもそんなことを言った。

「焦っちゃダメだよ、てっちゃん。焦らずに頑張って。てっちゃんには才能があるんだから、焦らなくてもきっといつか本が出せるよ」

わたしはいつもそう言って夫を励ました。

わたしは大好きな夫に、自分の望みをかなえてもらいたかった。

彼はこの世でただひとり、わたしが好きになった男だった。わたしにとっては、この世でただひとりの特別な男だった。

そんな男に、ただ者で終わってもらいたくなかった。

考えた末に、わたしは夫に学校を辞めて、小説を書くことに専念してみたらどうだろうと提案した。

「生活のことは、わたしに任せて。お金はわたしがちゃんと稼ぐわ。だから、てっちゃんは何も心配せず、いい小説を書くことだけを考えてよ」

その言葉は、夫をひどく驚かせたようだった。

「そんな……冬美ひとりに生活費を出させるわけにはいかないよ。男として、それはできないよ」

わたしを見つめた夫が、苦しげに顔を歪《ゆが》めて言った。

夫の母は結婚してからずっと専業主婦で、外で働いたことがない人だった。そんな義母だけでなく、夫の父である義父も、わたしが結婚後もクッキングスクールで働いていることを、内心では面白くなく思っているようだった。

そんなこともあって、夫は夫婦の生活費は男が稼ぐのが当たり前だと考えていた。

「いいのよ。てっちゃん。そんなこと、気にしないで。夫婦は力を合わせて生きていくのが当然なんだから」

「でも、冬美……」

「ベストセラー作家になれば、お金はいくらでも入ってくるのよ。だから、頑張って。

頑張って小説を書いて」

強い口調でわたしは言った。

今になって思えば、わたしが夫を小説家にしたかったのは、夫のためではなく、自分自身のためだったのかもしれない。

わたしは夫に特別な男になってもらいたかった。なぜなら、わたしは特別な男の妻になりたかったから。

そう。わたしはきっと、ベストセラー作家の妻になりたかったのだ。きっと、有名人の妻になりたかったのだ。そして、そんなわたしの強欲が、明るくて優しくてお茶目なあの人を、あそこまで追い詰めてしまったのだ。

夫はなおもためらっていた。だが、わたしに強く背中を押されて、その年の三月の末に、ついに学校を辞めた。

今から五年前、わたしたちがどちらも三十歳だった時のことだ。

11

夫の肉を初めて食べたあの晩、フィレステーキを口に運んでいるうちに、どういうわけか、わたしはとても官能的な気持ちになっていった。なんて言うか……今まさに、夫の手で体のいたるところを撫《な》でまわされ、乳首を吸われ、そこに歯を立てられ、胸を揉《も》みしだかれ、石のように硬くなった男性器を体の奥深くに突き入れられているような……そんな淫《みだ》らな気持ちだった。

そう。わたしはまさに今、夫を自分の肉体に取り入れているのだ。男性器の挿入を受けている時と同じように、自分の体の中に彼が入ってきているのだ。

そう考えると、いてもたってもいられないような思いが込み上げた。

夫のフィレ肉で作ったステーキを食べている途中で、わたしはたまらず立ち上がり、二階の寝室へと向かった。そして、身につけているものをすべて脱ぎ捨て、夫との性行為を思い浮かべながら、わたしは自分の手で体のいたるところを無我夢中で愛撫《あいぶ》した。

自慰行為をしたのは、それが初めてだった。

夫は穏やかで朗らかで、お茶目で優しくて、声を荒立てたことなど一度もない男だった。

けれど、セックスの時だけは、いつも別人のようになった。

わたしにとっては、夫は初めて交際した異性だった。だから、付き合い始めた頃のわたしは、セックスについては、ほとんど何も知らなかった。

そんなわたしに夫は毎日、いろいろなことをしたし、いろいろなことをさせた。それでわたしはいつも、夫から性の調教を受けているような気分になった。

そんなこともあって、結婚して半年もたたないうちに、わたしはその道の達人にさせられていた。

大好きな夫を喜ばせるために、わたしはどんなことでもした。

夫はオーラルセックスが好きで、毎日のようにそれをわたしにさせた。

尿の排泄《はいせつ》にも使われる不浄な器官であるそれを、食事をするための口に入れるということに、料理人であるわたしは強い抵抗を覚えた。男性の足元にひれ伏し、髪を鷲摑《わしづか》みにされた口を犯されるということに、屈辱感のようなものも覚えた。

夫に支配され、服従を強いられているような気がしたのだ。

それでも、夫からオーラルセックスを求められて拒んだことは、一度としてなかった。

たいていは夫婦の寝室のベッドで……時にはダイニングルームやリビングルームで……時には浴室で……時には廊下や玄関で……仁王立ちになった夫は毎日のようにわたしを自分の足元に蹲《うずくま》らせ、口に硬直した男性器を深々と押し込んだ。そして、両手でわたしの髪を抜けるほど強く鷲摑みにし、顔を前後に荒々しく打ち振らせた。

石のように硬い男性器が喉《のど》を荒々しく突き上げるたびに、胃がヒクヒクと痙攣《けいれん》し、強い吐き気が喉元《のどもと》まで込み上げた。口を塞《ふさ》がれているために息苦しくて、長く続けていると酸素が欠乏して頭がぼーっとした。口を半開きにした形に固定しているために、顎《あご》の関節もおかしくなってしまいそうだった。

わたしにとって、それは苦行のようなものだった。けれど、わたしはいつも夫の許しが出るまでそれを続けた。

夫はしばしばわたしの口の中に体液を注ぎ入れた。

精液はお世辞にも美味《お》しいとは言えなかった。それどころか、美食家のわたしには耐えがたいほどにまずいものだった。

それにもかかわらず、わたしはいつも命じられる前に、喉を鳴らしてそれを飲み下した。

それが愛の証《あかし》だった。

「ああっ、てっちゃん……あっ、いいっ！　うっ……あっ……てっちゃん……あっ！　てっちゃん、感じるっ！　あっ！　あっ、いいっ！」

ベッドの中で初めての自慰行為を続けながら、わたしは淫らな喘《あえ》ぎ声を絶え間なくあげ、何度も繰り返し夫の名を呼んだ。

その晩から逮捕される前の晩まで、わたしは夜ごとに自慰行為をした。

後ろめたさはなかった。

悲しみに打ちひしがれているわたしには、その快楽が絶対に不可欠だった。

12

ふだんのわたしは弁当を持参しない。午前中の講座で作った料理の数々を、受講生たちと感想を述べあいながら食べるから、弁当を持っていく必要はなかったのだ。

けれど、翌日、わたしはまだ窓の外が真っ暗なうちに、クッキングスクールに持参する弁当を作るためにキッチンに立った。昼にも夫の肉を食べたいという強い思いからだった。

何を作ろうかな？

キッチンの明かりの下で、自分が出した何冊かの料理の本と睨《にら》めっこをしながら、わたしはしばらく考えた。そして、夫の肝臓を使ってレバーのソテーを作ってみようと思い立った。

夫のレバーのソテー！

その料理を思い浮かべてみた瞬間、胸が高鳴るような気がした。

夫もそうだったが、わたしもレバーが大好物で、肝臓はすぐに調理して食べるつもりだった。それで冷凍はせず、ラップに包んで冷蔵庫に保存してあった。

いつもその料理を、わたしは豚のレバーを用いて作っていた。そんな時には、つけ合わせとしてジャガイモと生シイタケを使うのが常だったから、今朝もそうしようと考えた。

まず、わたしは皮つきのジャガイモを大きな鍋《なべ》で固茹《かたゆ》でにし、粗熱が取れたところでまな板に載せ、一センチほどの厚さにスライスした。生シイタケは軸を取り除き、歯応《はごた》えが残るように笠《かさ》の部分を少し厚くスライスした。そして、愛用の鉄製のフライパンにバターを溶かし、ジャガイモを中火でじっくりとソテーした。途中でシイタケを加え、塩と黒胡椒《くろこしょう》で味をつけてからバットに取り出した。

その後は冷蔵庫からタッパーに入れた『レンジタマネギ』を取り出した。レンジタマネギはスライスしたタマネギに塩とオリーブオイルを加え、百五十ワットの電子レンジで柔らかくなるまでじっくりと加熱したものだった。わたしの料理では頻繁に使ったから、レンジタマネギはいつもタッパーに入れて冷蔵庫に保管してあった。

わたしはフライパンに再びバターを加え、そのレンジタマネギをそこに入れて弱火で炒《いた》め始めた。タマネギを時間をかけてじっくり炒め、甘みを充分に引き出すというのが、この料理の大切なポイントのひとつだった。

タマネギがトロッとなったのを見計らって、わたしはそれをバットに取り出した。

キッチンに立った時には、窓の外は真っ暗で街路灯も灯《とも》っていたけれど、その頃には朝日が昇り始めたようで、外は少しずつ明るくなっていった。街路灯もいつの間にか消えていた。

わたしの料理は時間がかかるから、忙しい人たちには不向きだった。それでも、わたしの講座を受けたいという人が絶えないのは、少し不思議な気もした。

さあ、次はいよいよ肝臓だった。

わたしは冷蔵庫から夫の肝臓を取り出し、ラップを外してからまな板にそっと載せた。そして、夫が生きているあいだずっと、彼の健康を支えてくれていたその大きな臓器をまじまじと見つめた。

肝臓は人間の体の中でもっとも大きな臓器で、夫のそれも一キロほどあった。ただ、その見た目は豚や牛のレバーにそっくりで、それだけを見たら人間のものだとはわからないだろうと思われた。

「始めるよ、てっちゃん」

口に出してそう言うと、わたしは研ぎ澄まされた包丁を取り出し、まな板の上の夫の肝臓を薄く慎重にスライスした。そして、薄切りにした肝臓に黒胡椒と岩塩を振り、薄力粉をまぶし、余分な粉をはたいて落とした。その後は、フライパンにバターのほかにサラダ油を注ぎ入れ、ガス台の火を強くし、たっぷりの油脂の中でそれを手早くソテーした。

ジュージューという音とともに、フライパンから絶え間なく湯気が立ち上がり、換気扇に吸い込まれて消えていった。

何ていいにおいなんだろう。何て美味しそうなんだろう。

肝臓をソテーしているあいだに唾液《だえき》が込み上げ、胃腸が何度となく音を立てて鳴った。フライパンの中で盛んに湯気を立ち上らせている夫の肝臓は、今すぐにかぶりつきたいほどに美味しそうに見えた。

薄切りにした肝臓の両面が香ばしく焼けたところで、わたしは赤ワインヴィネガーを振りかけた。そして、肝臓にワインヴィネガーの味をなじませてから再びバットに取り出し、今度はそのフライパンにさっきのタマネギを入れ、肝臓から滲《にじ》み出た肉汁をよく絡ませながらじっくりと炒め、最後に白ワインヴィネガーを振り入れた。

これでこの料理は完成。あとはつけ合わせと一緒に、弁当箱に詰めるだけだった。

お昼が待ち遠しいな。白いご飯によく合うだろうな。

口の中の唾液を嚥下《えんか》しながら、わたしは思った。そして、できることなら、これを夫とふたりで食べたいと、そんな不可能なことを考えた。

夫はわたしが作る豚レバーのソテーが大好物だったから、休日のわたしはかなりの頻度でそれを作ったものだった。


その日の昼休みに、わたしは講師たちの休憩室の片隅でレバーソテーの弁当を食べた。

驚いたことに、それはとても味が濃く、舌の上でとろけてしまうようで、豚のレバーをソテーしたものより遥《はる》かに美味しかった。

てっちゃん、さすがだね。美味しいよ。すごく美味しいよ。

レバーソテーを夢中で咀嚼《そしゃく》しながら、わたしは心の中で夫にそう語りかけた。夫の優秀さが証明されたようでとても嬉《うれ》しかったのだ。

「柴田さん、それ、レバーソテー？　すごく美味しそうね」

すぐ隣のテーブルで弁当を食べていた井上香里《いのうえかおり》という女性が、わたしの弁当箱を覗《のぞ》き込んで笑顔で尋ねた。井上さんはわたしとは対照的に、『誰でも簡単に、短時間で作れる料理』を教えるのが専門だった。

そんな彼女の弁当は、わたしにはかなり雑な手抜き料理のように感じられた。

「ええ。そうよ。食べてみる？　美味《おい》しいわよ」

わたしもまた笑顔で、彼女に弁当箱を差し出した。

「えっ、いいの？　悪いわね」

そう言いながらも、井上さんはすぐに自分の箸《はし》で、わたしの弁当箱の中のレバーソテーをつまみ上げ、それを自分の口に入れて咀嚼し始めた。

「美味しいっ！　すごく美味しいっ！　舌の上でとろけるわっ！　さすが、柴田さんね」

興奮したような顔をした井上さんが大声で言い、休憩室にいたすべての人が『何事か』という顔をしてこちらに視線を向けた。「でも、これ、豚のレバーじゃないわね。牛とも違うし……何のレバーなの？」

「内緒です」

「どうして内緒なの？」

「企業秘密です」

そう言って微笑むと、わたしはまた夫の顔を思い浮かべた。

夫はサービス精神の旺盛《おうせい》な人だったから、自分の肉で作った料理を食べた人がこんなに喜んでいるのを見たら、きっと彼も喜んだに違いなかった。

けれど、わたしは少し複雑な気分にもなっていた。夫と井上さんがふしだらな関係を持っているみたいな気がしていたのだ。

少なくとも、わたしにとっては、夫の肉を食べることは、夫を自分の体に取り込むことだった。彼の性器で体を貫かれることだった。

13

教師を辞めてからの夫は、二ヶ月に一作というベストセラー作家並みのハイペースでひとつの物語を書き上げ、それをいろいろな出版社の新人文学賞に次々と投稿していた。

最初の頃、夫の小説はたいてい新人賞の一次選考を通過していた。二次選考を通過したこともあったし、最終選考まで残って受賞を期待したこともあった。

その時には結局、夫の作品は賞をもらうことができなかったのだが、選考会の前日にはふたりで都内の神社をいくつも梯子《はしご》して、受賞を祈願したものだった。

「大丈夫。確実に近づいてるよ。もうすぐ受賞できるよ」

その時、わたしはそう言って夫を励ましたし、夫も「うん。次こそ受賞できるかもしれない」と、自信ありげな顔で頷《うなず》いていた。

けれど、教師を辞めて三年がすぎた頃から、夫の執筆のペースは徐々に落ちていった。

執筆ペースが落ちていっただけでなく、書き上げて新人賞に投稿しても、一次選考も通過しないということも起きるようになっていった。

どうやら、アイディアが湧かなくなってきたらしかった。

そのことが少しずつ、少しずつ、夫を追い込んでいった。夫が追い込まれていくのが、わたしにもはっきりと見て取れた。

明るくてお喋《しゃべ》りでお茶目だった夫は、だんだん暗くなり、言葉少なになっていった。いつも次の小説のストーリーを考えているのか、食事の時も入浴している時もぼうっとしていて、わたしが話しかけても上の空でいることも少なくなかった。

「ダメだ……何も思いつかない。もしかしたら……俺には才能がないのかもしれない。小説家になろうなんて思わず、教師のままでいればよかったのかもしれない」

いつだったか、思い詰めたような顔をした夫が、そんな言葉を口にしたことがあった。

「大丈夫よ、てっちゃん。大丈夫。大丈夫」

あの時、わたしは微笑みながらそう言った。夫を励ますつもりだったのだ。

けれど、その言葉を耳にした夫は目を吊《つ》り上げ、鬼のような形相になってわたしに食ってかかった。

「何が大丈夫なんだよっ！　どうしてそんな無責任なことが言えるんだよっ！」

そんなふうに声を荒らげる夫を目にしたのは初めてだった。

「ごめんね。てっちゃん。気に障ったのなら、許して」

わたしはひどく驚き、夫の剣幕に気圧《けお》されながらもすぐに謝罪した。

その瞬間、夫がハッとしたような顔になった。

「こっちこそ、ごめん……あの……怒鳴るつもりなんてなかったんだ。ごめんよ、冬美。怒鳴ったりしてごめん」

申し訳なさそうな顔をした夫が、わたしに向かって頭を下げた。

「謝らないで、てっちゃん……てっちゃんは悪くないんだから、謝らないで……」

夫の肩に触れながら、わたしは言った。

心の中では、あんなに明るくて朗らかだった夫を、こんなふうに変えてしまったのは、このわたしなのかもしれないと思っていた。

その後、夫がわたしに向かって声を荒立てることは一度もなかった。けれど、いつまで経っても受賞ができないことが、夫の心を苛《さいな》んでいたのは間違いなかった。

仕事部屋で夫の声がし、足音を忍ばせてそのドアの前に立つと、夫が「畜生っ」とか「ダメだっ」とか、「あー、嫌になるっ」などと呟《つぶや》いているのがしばしば聞こえた。

クッキングスクールから戻ったわたしは、いつも夫に「きょうは書けた？」と尋ねた。教師を辞めて二年くらいのあいだは、夫はいつも「うん。きょうはよく書けた」とか「きょうはあんまり筆が進まなかったな」とか「枚数は書けなかったけど、いいシーンがかけた」などと、笑顔で明るく返事をしていた。「書くけれど、この一年ほどは、思い詰めたような、とても疲れたような顔をして、「きょうはうまく書けたようには書いたけど、いいのか悪いのか、よくわからない」とか「きょうはうまく書けたような気がするけど、選考委員がどう思うか、俺には見当もつかないよ」とか、「俺のしていることは、何だか、すごく不毛でバカバカしいことみたいな気がするよ」などという弱気な発言をすることが増えていった。

「きょうは一行も書けなかった。俺、もうダメかもしれない」

憔悴《しょうすい》しきったような顔で、そう口にした日もあった。

そんな時には、夫にかける言葉を見つけられなくて、わたしも途方に暮れたものだった。

わたしの目には、夫が教師の職を辞したことを後悔しているように見えた。もしかしたら、心のどこかでは、辞めるように言ったわたしのことを恨んでいたのかもしれなかった。

それでも、夫は毎日、必死で小説を書いていた。

「実は俺、今書いてる小説に懸けているんだ。まだプロットの段階だけど、すごいアイディアが湧き出てきたんだ」

半年ほど前、帰宅したわたしに、少し興奮したように夫が言った。

「そうなんだ？　いい小説になりそうなのね？」

わたしは笑顔で言った。夫がやる気を取り戻したことが嬉しかった。

「うん。今度こそ、傑作になりそうな気がする。これまで俺が書いたものの中で、いちばんであることは間違いない。完成したら冬美にも読ませてやる。だけど、もし、これが認められないのなら、これから先、何を書いてもダメだと思う」

わたしに向けられた夫の顔には、強い決意が滲《にじ》んでいるように見えた。

「そう？　だったら、頑張って」

満面の笑みを浮かべてわたしは言った。

あの時にはまだ、その小説が夫から命を奪うことになるとは考えてもいなかったのだ。

14

翌日の月曜日と、その翌日の火曜日は、クッキングスクールの総務課が決めたわたしの休日だった。その二日間、わたしは朝から夜までキッチンに立ち続け、夫の肉を使っていくつもの料理を作った。

まず、わたしは夫の左右の太腿《ふともも》の肉と脹《ふく》ら脛《はぎ》の肉とをまな板の上に載せ、出刃包丁でたくさんのひき肉を作った。それはとても骨の折れる作業だったけれど、フードプロセッサなどは使わずに、出刃包丁を使うというのがわたしの流儀だった。フードプロセッサで作ったひき肉に比べると、出刃包丁で作ったそれは、均一ではなく、それがかえって美味しさを引き立てるのだ。

寒い朝だったけれど、ひき肉を作っているうちにわたしの体はじっとりと汗ばみ、わたしはエアコンのスイッチをオフにした。大量のひき肉を作るというのは、それほど労力のいる作業なのだ。

たくさんのひき肉ができると、まずはそれで冬美流のハンバーグを作った。いつもクッキングスクールで受講生たちに教えている自慢の逸品だった。

ひき肉というのは、とても重宝な素材で、その後わたしはそのひき肉を使って、スパイシーでエスニックなシシカバブ風の料理を作った。メンチカツと、ひき肉の茶巾《ちゃきん》包みと、野菜とひき肉の重ね蒸しと、ロールキャベツも作った。

一度にそんなにたくさんの料理を作っても、ひとりでは食べきれないとわかっていた。それでも、わたしは作り続けた。

いつまでも夫の肉と触れ合っていたかったのだ。夫の肉を使って料理をしていると、とても安らかな気持ちになれたのだ。

食べきれない料理は、みんな冷蔵庫や冷凍庫で保存しておくつもりだった。わたしの冷蔵庫は業務用のとても大きなものだったから、たくさんの食品を保存することができたのだ。冷凍保存の方法についても、わたしはかなり研究していた。その方法を使えば、シチューのような汁物を冷凍保存することも可能だった。

夫は痩《や》せていたから、バラ肉のような脂っこい部位は貴重だった。わたしは前夜から、その貴重なバラ肉を使ってビーフシチューを作ろうと決めていた。

わたしのビーフシチューは、正式には『ブッフ・ブルギニョン』という。ブッフ・ブルギニョンは、フランスのブルゴーニュ風の赤ワイン煮込みのことで、大ぶりに切ったバラ肉とたっぷりの野菜をワインだけで煮込むという本格的なものだった。三時間以上は煮込む必要があって、とても手間と時間がかかったが、これも夫の大好物だったから、わたしは頻繁にブッフ・ブルギニョンを作っていた。

本当はバラ肉の部位を塩漬けにして『プティ・サレ』を作りたかった。プティ・サレは長期保存が利き、いろいろな料理を作るのにとても重宝するのだ。プティ・サレをタマネギやパプリカやナスやズッキーニやトマトと一緒に白ワインで煮込んだ料理は、言葉にできないほどに美味《おい》しいものだった。

だが、痩せていた夫の体からは、プティ・サレを作るほどのバラ肉が取れなかったから、それを作るのは断念するしかなかった。

ブッフ・ブルギニョンを煮込んでいるあいだに、今度は夫の首の後ろの部分の肉を使ってホワイトシチューも作った。さらには、お尻《しり》の部分の肉を使ってビール煮も作った。わたしのキッチンにはガス台が五つもあったし、わたしは手が早かったから、いくつかの料理を同時進行することが可能なのだ。

ビール煮はフランスの地方料理で、苦味の効いた珍しい風味を持っていた。ビールの風味は煮込んでいるうちに薄まってしまうので、最後にビール入りのソースを加えて風味を引き立てるのがこの料理のコツだった。

料理をしながら、わたしは出来上がった料理を次々と試食した。試食をする前にはいつも、市販のフランスパンをちぎって食べた。

パンは消しゴムのようなもので、試食の合間に食べることで、舌が綺麗《きれい》になり、味覚を敏感に保つことができるのだ。

夫の肉で作った料理は、どれもが本当に素晴らしい味で、嚥下《えんか》するたびに、わたしは夫と交わっているような官能的な気分になった。あまりの感動に涙ぐむこともあった。

フィレ肉の部分はステーキにして食べ尽くしてしまったので、フィレではなく夫の背中の肉を使ってローストビーフのような料理も作った。そこに手の込んだ冬美流のグレイビーソースをかけると、ものすごく美味しいのだ。ローストビーフはサラダやサンドイッチにも使えるから、とても便利な食材だった。

その日の最後は、脂身がある胸の肉に下味をつけ、衣をつけて唐揚げにした。下味つけにタマネギの磨《す》り下ろしを使った『シャリアピンステーキ風』の唐揚げだ。

15

その夜はローヌ地方とブルゴーニュ地方の赤ワインを飲み、フランスパンをつまみながら、夫の肉で作ったいくつもの料理を少しずつ食べた。

それらはどれも本当に美味しかったけれど、いつもテーブルの向かい側に座っている夫がいないことが悲しくてたまらなかった。

そして、わたしはまた夫を想った。

基本的に、わたしの休みは月曜日と火曜日だったから、それ以外の日には夫が夕食を担当していた。

夫の作る料理は本当にワンパターンだった。メニューを考えるのが嫌だという理由で、夫は曜日ごとに作る料理を決めていた。

料理？

いや、それは料理と呼べるようなものではなかった。

水曜日は豚肉とキャベツの焼きそばだけで、木曜日は冷凍の肉餃子《ぎょうざ》と白いご飯だけ、金曜日はレトルトのソースをかけたパスタだけで、土曜日は肉と野菜の炒《いた》め物と雑穀入りのご飯だけ、そして、日曜日はインスタントのラーメンと冷凍の炒飯《チャーハン》というメニューに決まっていた。

わたしにとって、それはとても貧しい食卓に思えた。だが、今、わたしはまた、それを食べてみたいと心から思っていた。

家のローンもあったから、わたしたちには贅沢《ぜいたく》をすることができなかった。それでも、ふたりでお金の工面をして、何ヶ月かに一度は国内旅行に行っていた。一年に一度くらいは海外旅行にも出かけた。

ふたりで旅行の計画を立てるのは、とても楽しかった。計画を立てているだけで、わたしは夫とふたりで旅行をしているような気分になったものだった。

わたしは夫が好きだった。夫のすべてが大好きだった。わたしの前で平気でオナラやゲップをする夫が好きだった。お風呂《ふろ》上がりに全裸で家の中をうろうろする夫が好きだった。夫のいびきや歯軋《はぎし》りを聞きながら眠るのが好きだった。

そう。あの人は、わたしのすべてだったのだ。わたしの生きる目的のすべてだったのだ。

それなのに……それなのに……。

最後に見た夫の顔を思い出す。

あの朝、夫は、出勤しようとしたわたしを「冬美」と言って呼び留め、玄関のたたきに立っていたわたしを息が止まるほど強く抱き締めた。

「苦労ばかりさせてごめんよ」

わたしを見つめた夫が言った。

あの時、夫はすでに死を決意していたのだろう。新人賞に投稿した最新の小説がダメだった時には、ロープで首を吊《つ》って死のう、と。

けれど、鈍感で頭の悪いわたしは、それに気づいてあげられなかった。妻だったら、気づかなければならないそれに、気づいてあげられなかったのだ。

二日目の休日の火曜日も、わたしは朝から晩までキッチンに立ち、夫の肉を使ってさまざまなものを作った。

北風が音を立てて吹き抜けるような、とても寒い一日だったけれど、空は雲ひとつなく晴れ上がっていた。キッチンの窓から庭で咲く白と赤の椿の花がよく見えた。

その日のわたしは夫の肉を、庭の薫製器を使って薫製にしたり、夫の小腸にくず肉をつめてソーセージにしたり、内臓をもつ煮のように煮込んだりした。細切りにした肉とタケノコとピーマンを使って青椒肉絲《チンジャオロース》も作った。

たくさんの料理を作ったせいで、冷蔵庫の中の肉はどんどん減っていった。

その晩のわたしは入浴を済ませてから、食卓にドイツ製の白磁の大皿を置いた。そして、冷凍庫から夫の頭部を丁寧に取り出し、顔に巻かれていたラップを慎重に外し、大皿の上にそれをそっと載せた。

わたしがそんなことをしたのは、大昔に中国北部を支配していたある部族が、そういうことをしていたと聞いたことがあるのを思い出したからだった。

その部族は大切な客人をもてなす晩餐《ばんさん》会が近づくと、後宮に囲っていた数多くの女性たちの中から特別に美しい女をひとり選んで殺害した。そして、その首を鋭利な刃物で切断してから、料理人たちに彼女の肉を使ったたくさんの料理を作らせたのだという。

彼らは殺された女性の生首に入念な化粧を施し、髪を美しく整えて、白く大きな皿に載せて食卓の中央に置いた。目の前に並んだ肉料理の数々が、どれほど美しい材料から作られたのかということを、晩餐会の客人たちに知らせるためだった。

そう。晩餐会にやって来た客たちは、大皿の上に載った若く美しい女の生首を眺めながら、彼女の肉を使って作られたさまざまな料理を味わったのだ。

「てっちゃん、好きよ。大好きよ」

大皿の上で凍りついている夫の頭部に、わたしはそう話しかけた。わたしの声が夫には今も聞こえているような気がした。

そして、その晩、大昔に中国北部の部族の人々がしたように、わたしは目を閉じたままの夫の顔を眺めながら、夫の肉で作った料理をゆっくりと味わった。

悲しかったけれど、美味しかった。美味しかったけれど、悲しかった。

わたしは時折、涙を拭《ぬぐ》いながら、夫の肉を食べ続けた。

16

そこまで話すと、英太郎の真向かいに座っている柴田冬美が、横山美鶴から渡されたハンカチでまた涙を拭った。

その左隣ではさっきから横山美鶴が、ティッシュペーパーでしきりに鼻をかんだり、目頭を押さえたりしていた。どうやら、死体損壊の容疑で逮捕された女に感情移入してしまったようだった。

その女に対する英太郎の気持ちもまた、取り調べを始めた時とは大きく変化していた。柴田冬美が取調室に入って来た時には、英太郎は彼女のことを極めて不気味な女だと考えていた。自殺した夫を浴室でバラバラに解体し、その肉を調理して食べるなどということは、人間のすることではないと思っていたのだ。

だから、女が重い罪に問われるのは当然のことで、長いあいだ服役させるべきだと考えていた。

けれど、今では、裁判官が彼女に情状してくれればとさえ思っていた。柴田冬美が哀れでならなかったのだ。

英太郎は今、死体損壊の容疑者に明らかに同情していた。容疑者に同情するのは、英太郎にとっては珍しいことだった。

同時に、英太郎は女の夫だった柴田鉄男という男を羨《うらや》んでいた。羨ましそう。英太郎には羨ましかった。これほどまでに愛されていたその男のことが、羨ましくてならなかった。

取り調べが終わり、容疑者は横山美鶴に連れられて取調室を出て行った。

取調室にひとり残った長谷川英太郎は、妻の千春のことを考えた。

柴田冬美とその夫がしていたように、かつての英太郎は千春と一緒に入浴をしていた。

浴室で性的な高ぶりを覚え、千春にオーラルセックスをさせたこともあったし、浴室の壁に縋《すが》りつかせるような姿勢を千春に取らせ、立ったまま背後から男性器を挿入したこともあった。

そんな時にはいつも、浴室に千春の口から漏れる喘《あえ》ぎ声が淫《みだ》らに響いたものだった。けれど、そんなことが本当にあったのだということが、今の英太郎には信じられないような気がした。

いったい、俺の何が悪かったというんだ。俺はこうして毎日、必死で働き、あいつに不自由な思いなど何ひとつさせていないじゃないか。それなのに、千春のやつ、いったい俺のどこが不満なんだ。

苦々しい思いが込み上げてくるのを感じながら、英太郎は決して美人とは言えない妻の顔を思い浮かべていた。

17

留置室に戻されたわたしは、部屋の奥にある小さくて粗末なベッドに浅く腰を下ろし、疼《うず》くような胸の痛みとともに夫の顔を思い浮かべた。

狭くて窓のない留置室の空気はひんやりとしていた。布団も粗末なものだったから、夜は足の先が冷えてよく眠れなかった。わたしはデブだけど、冷え症なのだ。

夫は基礎体温がとても高い男だったから、冬にはいつも、わたしは夫に抱きつくようにして眠っていた。だから、あの頃は寒くて眠れないということはなかった。夫の体があまりにも熱いから、時にはわたしは布団から爪先《つまさき》を出したりしたものだった。

逆に、夏は夫の体の熱さに辟易《へきえき》して、わたしは「もっと向こうに行って」「くっつかないで」などと言ったものだった。

ああっ、畜生っ……畜生っ……畜生っ……。

わたしは心の中で呟《つぶや》いた。

そう。わたしは自分を責めているのだ。あの朝、わたしが気づいてあげていれば……クッキングスクールを休んで夫のそばにいてあげたら……そうしたら、夫は今も生きていたかもしれないのだ。

そう考えると、髪の毛を掻《か》き毟《むし》りたいような感情が込み上げた。

自分のしたことが犯罪なのだとはわかっている。だから、わたしはどんな罰でも受けるつもりだった。

大丈夫。耐えられる。今のわたしはどんなことにでも耐えられる。

夫はわたしの血となり、肉となり、いつまでもわたしと一緒にいるのだ。

「大丈夫。冬美。あの人はわたしの中にいるのよ。いつもわたしと一緒にいるのよ。だから、大丈夫……大丈夫……大丈夫……大丈夫……」

わたしは大粒の涙をぽろぽろと流しながら、何度も繰り返し自分に言い聞かせた。

春の章

春が来たって何になろ

1

警視庁の刑事として都内の警察署に勤務している長谷川英太郎は、その日、ふだんよりいくらか早く一日の仕事を終えることができた。

いや、刑事課はとてつもなく忙しい部署で、その仕事は無尽蔵と言ってもいいほどにあったから、仕事を続けようと思えば、いつまでだって続けられた。けれど、きょうはもう疲れ切っていて、一区切りがついたところで仕事を切り上げ、早々に家路につくことにしたのだ。

署を出る前に英太郎は妻の千春に『これから帰る』とＬＩＮＥを送った。それはすぐに『既読』になったが、いつものように千春からの返信はなかった。

基本的に英太郎は、私鉄と地下鉄を乗り継いで署に通勤していた。今はちょうどラッシュアワーだったということもあって、郊外へと向かう私鉄の電車は超満員だった。そんな満員電車の中で、英太郎は吊革《つりかわ》に摑《つか》まって、目の前の窓ガラスに映ったスーツ姿の自分を見つめた。いつものように、英太郎は腕のいいテーラーである父が作ってくれた洒落《しゃれ》たスーツを身につけていた。

今夜の英太郎は少し疲れた顔をしているように思われた。それでも、窓ガラスに映った体格のいい男は、とてもハンサムで、精悍《せいかん》で凜々《りり》しくて、颯爽《さっそう》としていて、周りにいる男たちの中では群を抜いて見栄えがいいように感じられた。

そう感じているのは英太郎だけではなく、ほかの多くの人々も同じように感じているようだった。その証拠に、プラットフォームで地下鉄を待っている時にも、乗り換えのために歩いている時にも、この電車に乗ってからも、英太郎は自分に向けられたいくつもの視線を感じた。

この電車に乗り換えるためにプラットフォームにいた時には、すぐ近くでOLらしき若いふたりの女が何かを囁《ささや》き合いながら、ちらりちらりと英太郎に視線を向けていた。どちらもすらりとした体つきの綺麗《きれい》な女で、どちらも髪が長く、ふたりとも洒落たスプリングコートにマイクロミニ丈のスカートという恰好《かっこう》で、ふたりともとても踵《かかと》の高いパンプスを履いていた。

英太郎がふたりに視線を向けると、ふたりは慌てたように英太郎から目を逸《そ》らした。

ああいう女たちと一緒になったほうがよかったのかな？

あの時、英太郎はそんなことを思った。

いや、あの時だけでなく、最近の英太郎は実に頻繁にそんなことを考えていた。

東京都を出て神奈川県川崎《かわさき》市と横浜《よこはま》市を通り抜け、再び東京都に入ったところに英太郎の家はあった。自宅の最寄り駅で電車を降りた英太郎は、急な坂道の両側にずらりと植えられた桜のトンネルをくぐり抜けるようにしてその自宅へと向かった。駅から英太郎の家までは、ゆっくりと歩いても十分とはかからなかった。

まだ三月の終わりだというのに、今年の桜はすでに満開の時季をすぎていて、風が吹くたびにピンクの花びらが雪のように辺りをはらはらと舞った。自宅に向かう英太郎の足元にも無数の花びらが落ちていて、ピンクの絨毯《じゅうたん》の上を歩いているかのようだった。

結婚する少し前に、英太郎は渋谷《しぶや》から西へと向かう私鉄に乗って三十分ほどのこの土地に千春との新居になる家を買った。ここは都内でも有数の高級住宅街だったし、英太郎が購入を検討していたのは、広い庭を有した大きな新築の一戸建てだったから、その価格は驚くほどに高価だった。

「すごく素敵な住宅街だし、あの家もものすごく立派だけど、わたしたちにはハードルが高いような気がするわ」

不動産屋と家を見た帰り道に千春は英太郎にそんなことを言ったし、英太郎の中にも躊躇《ためら》う気持ちもなくはなかった。

それでも、立派な新居での千春との楽しい暮らしを思って、清水《きよみず》の舞台から飛び降りるような気持ちで、英太郎はその家を購入することにした。

あの時、英太郎は二十八歳で、総合病院で看護師として働いていた千春は二十六歳だった。


桜はそろそろ終わりだったが、今夜は吹き抜ける風が冷たくて、英太郎はコートを署のロッカーに置いてきたことをいくらか後悔していた。

ピンクの花びらが敷き詰められた急な坂道を下っている途中でLINEの着信音がし、英太郎は足を止めてバッグからスマートフォンを取り出した。けれど、届いていたのは千春からの返信ではなく、刑事課の全員にまわされた事務的な同報メールだった。

千春のやつ、返事ぐらいすればいいのに。

スマートフォンをバッグに戻し、再び歩き始めながら英太郎は思った。

かつての英太郎は、千春の待つ家に戻り、彼女の『おかえりなさーいっ！』という弾んだ声を聞くのが何よりの楽しみだった。

千春は目が細く、丸顔で、鼻が低くて、美人とは程遠い容姿の持ち主だった。さらには、ずんぐりと太っていて、首も腕も脚も短くて、何を着てもまったく様にならなかった。けれど、千春はいつも明るく、いつも朗らかで家庭的で、料理を作るのがとても上手だった。それだけでなく、かつての千春はとても素直で従順で、英太郎に逆らうことなどまったくなかった。

大きなテーブルに千春と向き合い、一日の出来事を語り合い、手の込んだ料理の数々を食べるのは、本当に楽しかった。

美人ではなかったけれど、雪国育ちの千春は白くて透き通るような肌の持ち主だった。その肌はすべすべとしていて、毛穴がほとんど目立たず、合成樹脂でできているかのように滑らかだった。

夫婦仲が良かった頃には、英太郎はほとんど夜ごとに千春を抱いたものだった。こうして家に向かって歩きながら、かつての英太郎は『今夜は千春にどんなことをさせよう？』『四つん這《ば》いにさせて、ヴァイブレーターを使いながら咥《くわ》えさせようか？　それとも、手錠や口枷《かせ》を使ってみようか？』などと思いを巡らせ、胸を高鳴らせたり、男性器を硬直させたりしていたものだった。

英太郎と付き合うまで恋人がいたことがなかったという千春は、いつも恥じらいの表情を浮かべながらも、英太郎が求めるすべてのことに素直に応じた。

けれど、今はもう、こうして自宅に向かって歩いていても、心が弾むようなことは少しもなかった。それどころか、自宅が近づいてくると、足取りがだんだんと重くなるというのが最近の英太郎の常だった。

自宅に向かってのろのろと坂道を下り続けながら、英太郎は学生時代によく読んだ中《なか》原中也《はらちゅうや》の詩を口ずさんだ。

また来ん春と人は云う
しかし私は辛いのだ
春が来たって何になろ
あの子が返って来るじゃない

そうなのだ。おそらく、かつての千春はもう返って来ないのだ。千春と英太郎がかつてのように楽しく暮らせる日々は、たぶん、二度と訪れないのだ。

2

その住宅街には広い庭を有した、大きくて立派な家ばかりが立ち並んでいた。どの家にも広々としたガレージがあり、たいていの家のガレージには二台の車が停められていた。三台の車を有している家も少なくなかった。

だが、英太郎の家も辺りの家々に負けないほど大きくて立派だった。ガレージに停めてあるのも、ドイツ製の真っ白な高級乗用車だった。英太郎の自宅の庭には緑の芝生が敷き詰められ、その庭の周りを手入れの行き届いた蔓薔薇《つるばら》の生垣がぐるりと取り囲んでいた。

かつての英太郎は帰宅すると、玄関脇のインターフォンを鳴らし、千春がそのドアを笑顔で開けてくれるのを待った。けれど、今はポケットから取り出した鍵《かぎ》を使って、そのドアを自分で開けるのを常としていた。

ドアを開けた英太郎は玄関のたたきに靴を脱ぎながら、努めて明るい声を出した。

「ただいまーっ！」

いつものように、家の中からの返事はなかったが、千春が在宅なのは確かだった。その証拠に、廊下の先のリビングルームに明かりが灯《とも》り、暖房が効いていて玄関までが暖かかった。

えっ？

靴を脱ぎ捨てた英太郎は、思わず鼻をヒクヒクと動かした。この家の中に千春のものでも、英太郎のものでもない体臭が漂っているような気がしたのだ。

だが、それはきょうに限ったことではなく、この一年ほどのあいだ、英太郎は家の中に何度となく、自分たち以外の人間の体臭を感じていた。英太郎は昔から嗅覚《きゅうかく》がとても敏感で、ほかの人が感じないようなにおいまで嗅《か》ぎ取ることができるのだ。

けれど、絶対に誰かがいたという確信は持てなかった。嗅覚というものは実に曖昧《あいまい》なもので、そのにおいがすると思うと、実際には漂っていないにおいまで感じることがあるのだと、刑事としての経験から知っていた。

実際、ワインのソムリエでさえ、空にしたワインボトルに違う葡萄《ぶどう》品種のワインを注ぎ入れて飲ませてみると、ボトルのラベルに騙《だま》されたソムリエは、しばしば実際とは違う葡萄の香りを嗅ぎ取ってしまうのだ。

それに、もし、本当に他人の体臭がしたのだとしても、それは郵便物や宅配便を届けにきた人間のものかもしれなかった。

廊下を奥に向かって歩いていくと、リビングルームに妻の千春がいた。テレビの前のソファにもたれ、ドラマらしき番組を見ていた。千春はすでに入浴を済ませたようで、フランネルのピンクのパジャマの上に、白いウールのカーディガンを羽織っていた。

千春は昔から痩《や》せることに憧《あこが》れていて、ほとんど一年中ダイエットをしていた。一年半ほど前からはスポーツクラブにも通い、いろいろなレッスンを受けているらしかった。だが、それにもかかわらず、千春はまったく痩せなかった。それどころか、今も日々、体重を増やし続けているようにさえ見えた。

以前とは違って、このごろの千春はいつも化粧をしていた。けれど、湯上りの今はその顔には化粧っけがなかった。

最近の英太郎はその顔にすっかり慣れてしまったが、結婚したばかりの頃は千春の顔を見るたびに、心の中で『それにしても、ブスだなあ』と呟《つぶや》いたものだった。

「ただいま、千春」

リビングルームの扉の脇に立って、英太郎はもう一度、千春にそう声をかけた。

「お帰りなさい」

英太郎のほうに面倒臭そうに顔を向けて千春が答えた。いつものように、その口調はひどく素っ気なくて無愛想だった。

「あの……ここに誰か、来ていたのかい？」

微《かす》かな苛立《いらだ》ちが込み上げるのを感じながらも、英太郎はそれを顔に出さないようにして訊《き》いた。

「誰も来ていないけど……どうしてそんなこと訊くの？」

糸のように細い目で英太郎を見つめた千春が、咎《とが》めるかのように言った。その視線はいつものように冷たかった。

「いや……別に……何となく、誰かがいたのかなって……」

「ご飯にするの？　それとも先にお風呂《ふろ》にするの？」

テレビの画面に視線を戻した千春が、背後にいる英太郎に刺々《とげとげ》しい口調で訊いた。

一年ほど前まで、英太郎はよく千春と一緒に入浴していた。けれど、今はもう、ふたりで入浴することはまったくなくなっていた。

「風呂にするよ」

「ああ、そう」

英太郎に顔も向けずに千春が言い、苛立ちの感情が膨らむのを感じながら、英太郎は無言で浴室へと向かった。

3

浴室の壁には全身が映せるような大きな鏡が取りつけられていた。この家を買ってすぐの頃に、英太郎がわざわざ業者を呼んで取りつけさせたのだ。

いつもそうしているように、明るい浴室に足を踏み入れた英太郎は、その鏡に映った自分の裸体をうっとりとなって見つめた。

いい体だ。完璧《かんぺき》じゃないか。

鏡の前でゆっくりとまわり、自分の体のいたるところに目を遣《や》りながら、英太郎はいつものようにそう思った。

その肉体には削らなければならないところも、付け加えなければならないところも一切ないように思われた。それはまさに、英太郎が思い描いている理想の肉体だった。

身長百八十五センチの英太郎の体重は、最近になってさらに増え、今は百キロに近かった。けれど、そこには贅肉《ぜいにく》のようなものはひとかけらもなく、筋肉の鎧《よろい》に覆われていると言ってもいいほどだった。腹部にはくっきりと筋肉が浮き上がり、胸は筋肉で盛り上がっていた。二の腕も太腿《ふともも》も分厚い筋肉の層に覆われていた。

かつての英太郎は自分の毛深さに頭を悩ましていたものだった。けれど、今はそんなことはなかった。

妻の千春にさえ言っていなかったが、警察官になってからの英太郎は、男性向けのエステティックサロンに通って定期的に全身の脱毛をしていたのだ。

そんなこともあって、筋肉に覆われたその体には、今ではほんのわずかの体毛しか生えていなかった。腋《わき》の下の毛は完全に脱毛してあったし、脛《すね》毛も胸毛もなかった。男性器の周りの毛もほんの少ししか残っていなかった。

いつもそうしているように、英太郎は長いあいだ鏡の中の自分の裸体を見つめていた。いつまで見ていても飽きないのだ。だがやがて、名残惜しげに鏡から目を離し、大きなバスタブに身を横たえた。

千春のやつ、いったい、俺のどこが気に入らないっていうんだ？　こんなに優雅な暮らしをさせてやっているっていうのに、いったい何が不満なんだ？

そんなことを考えながら、英太郎は太い腕を胸の前で組み、険しい顔をして目を閉じた。

長谷川英太郎は来月、三十六歳になる。けれど、周りの人からはいつも『若いですね』『そんな年には見えませんね』などと言われていたし、自分でもそう思っていた。

顔立ちが整っていて、運動神経が抜群で、学校での成績もよかった英太郎は、昔から女たちによくモテた。

それはまさに『選《よ》り取り見取り』という感じで、恋人にする女に困ったことは、これまでにただの一度もなかった。

　かつての英太郎は派手な美人が大好きで、そういう女たちとばかり付き合ってきた。恋人だった女たちの中には、ファッション誌などのモデルをしていた女もいたし、ミスキャンパスに選ばれた女もいた。レースクイーンを恋人にしていたこともあるし、キャバクラの女と付き合っていたことも何度かあった。

　そういう女たちはたいてい、美しい髪を長く伸ばしていた。そして、みんながみんな濃密な化粧を施し、色っぽくて派手な衣装を身につけ、長い爪を派手なジェルネイルで彩り、全身のいたるところにたくさんのアクセサリーを光らせ、香水の濃密な香りをいつも漂わせていた。

　そんな女たちを連れて歩くことが、かつての英太郎には得意でならなかった。

　美しい女というのは、男にとっては何よりのステイタスシンボルなのだ。連れている女の美しさやスタイルのよさで、その男の値打ちがわかるものなのだ。

　かつての英太郎はそんなふうに考えていた。

　けれど、そういう派手で綺麗《きれい》な女たちは概して家庭的ではなく、男関係も激しかった。少なくとも、それまでに英太郎が恋人にしていた女たちは、誰もがみんなそうだった。

　あの頃の英太郎は恋人の浮気や、浮気相手を巡るトラブルで頻繁に悩まされてきた。

　けれど、妻として娶《めと》った千春という女は、英太郎が今まで付き合ってきた女たちとは対照的に感じられた。

4

英太郎が千春と出会ったのは、刑事になってすぐの頃、二十七歳の時だった。追い詰めたと思った犯人にナイフで刺されて重傷を負い、救急車で運び込まれた病院に千春が看護師として勤務していたのだ。

千春は毎日のように、甲斐甲斐《かいがい》しく英太郎の看病をしてくれた。そのことに英太郎は深い感謝の念を抱いたが、入院してしばらくのあいだは、彼女に対して特別な感情を抱くことはなかった。英太郎は昔から面食いなのだ。自分のようないい男には、美しくてスタイルのいい女が相応《ふさわ》しいと思っていたのだ。

けれど、来る日も来る日も千春の献身的な介護を受け、優しい笑顔を目にしているうちに、少しずつ心が動いていくのが自分にもわかった。

優しくて、朗らかで、いつも笑顔を絶やさず看護をしてくれる千春が、英太郎の目に白衣の天使に映るようになったのだ。

看護師の中には化粧の濃い女も少なくはなかったが、あの頃の千春の顔には化粧っけが一切なかった。看護師だから当然なのかもしれないが、爪は短く切り揃えられ、エナメルに彩られているようなことは一度もなかった。耳たぶにはピアスもイヤリングもなかったし、太い首にはネックレスも巻かれていなかった。

「北沢《きたざわ》さんには好きな人はいるの？」

　ある日、点滴を取り換えにきた千春に、英太郎は何気ない口調で訊いてみた。あの頃、千春の首には『看護師　北沢千春』と書かれた名札が下がっていて、英太郎はいつも彼女を『北沢さん』と呼んでいたのだ。

「いません。そんな人いませんよ」

　英太郎の言葉に、千春は白い顔を真っ赤に染めて首を左右に振り動かした。

　それは予想した通りの返事だったが、英太郎は彼女をとてもウブで、可愛い子だなと思うようになった。

　その日から、英太郎は千春が来るたびに声をかけ、いろいろな話をするようになった。そのことによって、英太郎は千春が山形県の小さな町の出身だということや、父は山形の町役場の職員で母は地元のスーパーマーケットのパートタイムの従業員だということを知った。千春が山形の看護学校を卒業後に上京したということや、兄と弟がいるということや、今は病院の近くにある寮に住んでいるということなども知った。

　英太郎はそういう会話の端々から、千春が処女で、これまでに男と付き合ったことが一度もないということを感じ取った。

　この子だったら、浮気をするようなことは絶対にないだろう。俺のことだけを、一生涯、愛してくれるだろう。

　英太郎はそんなことを考え、ふたりの暮らしを想像してみるようになった。

入院中に英太郎は千春への愛を告白することにした。

「北沢さん、俺の彼女になってもらえませんか？」

ある日、千春が点滴を取り換えに来た時に、英太郎はそう口にした。

「長谷川さん、冗談はやめてください」

ひどく驚いたような顔をした千春が、戸惑ったような口調で言った。

「冗談なんかじゃないよ」

「だったら、からかっているんですか？」

「からかってなんかいない。俺は本気だよ。北沢さん、結婚を前提として、俺と付き合ってくれませんか？」

その言葉を耳にした千春は、しばらくのあいだ、疑わしげな目をして英太郎の顔を見つめていた。

それから、声を潜め、ためらいがちに訊《き》いた。

「どうして、わたしなんですか？」

「どうしてって……そんなこと、俺にもよくわかりません。人を好きになるのに、理由なんていらないでしょう？」

自信に満ちた口調で英太郎は言った。彼は女を口説くことに慣れていた。

千春はなおも戸惑っていたようで、「少し考えさせてください」と言って、その日は返事を保留した。けれど、その翌日、包帯を取り換えに来た時に、「きのうのお話なんですけど……」と言って、顔を赤くして英太郎を見つめた。

「考えてくれましたか？」

英太郎は笑顔で訊いた。何人もの女たちから『爽《さわ》やかだ』と言われた自慢の笑顔だった。

「はい。考えました」

「じゃあ、北沢さんの返事を聞かせてください」

やはり笑顔で英太郎は訊いた。

「あの……わたしなんかでよければ、あの……長谷川さんの彼女にしてください」

一段と顔を赤くした千春が、おずおずとそう言った。

その言葉は予想通りだったが、英太郎は大いに満足した。


それから一年弱のあいだ、千春と英太郎は恋人として交際した。英太郎にとって、それはとても楽しい日々だった。

恋人になってからも、千春は奥ゆかしくて、淑《しと》やかで、出しゃばるようなことはまったくなかった。千春はいつも英太郎のことを、『英太郎さん』と呼んでいた。

かつて恋人だった女たちから『英太郎さん』などと呼ばれたことはなかったから、そういうことのすべてが、英太郎にはとても新鮮に感じられた。

英太郎が予想した通り、千春には性体験がなく、初めて男性器の挿入を受けた時は出血し、ひどく痛がって泣き叫んだ。初めてオーラルセックスをするように命じた時には、途中で何度も男性器を吐き出し、ゲホゲホと身をよじって激しく咳《せ》き込んだ。

恥じらい、ためらう千春に、いろいろなことを仕込んでいくことは、とても楽しかったし、新鮮にも感じられた。『自分が千春を支配している』『征服している』『完全に服従させている』と思えることも、英太郎には嬉《うれ》しかった。

今から七年前の早春に、ふたりは都内の一流ホテルに百人を超える人々を呼んで盛大な結婚式を挙げた。あの日、英太郎は二十八歳で、千春は二十六歳だった。

結婚式の少し前に、英太郎は父から頭金を借り、銀行で長いローンを組んで、ふたりの愛の巣となるこの家を購入した。英太郎の希望を聞き入れ、千春は結婚の少し前に総合病院の仕事を辞めた。

結婚してからも千春と英太郎は、恋人だった時のように仲が良かった。家庭的な千春は、英太郎に毎日、美味《おい》しくて美しい愛妻弁当を持たせてくれた。夜もいつも、とても手の込んだ食事の数々をテーブルに並べてくれた。

英太郎は性欲が極めて旺盛《おうせい》だったから、毎夜のように千春と交わった。そのたびに、英太郎の支配欲と征服欲は心地よく満たされたものだった。

あの頃はよかったな。

髪と体を洗うためにバスタブから出ながら、英太郎はそんなことを思った。

排水口の金網に見慣れない色の毛が絡まっていることに気づいたのは、その時だった。

えっ？　何だ、これは？

英太郎は身を屈《かが》め、太い指で金網に絡みついた髪の毛らしきものをつまみ上げ、それを顔に近づけてまじまじと見つめた。

千春は今は髪を染めていなかったし、英太郎もそうだった。けれど、指先に張り付いたそれは、わずかに茶色味がかっているように見えた。

5

結婚直後からそうしていたように、英太郎の帰りが遅い時には、千春は先に食事を済ませている。だが、今夜は帰りが早かったので、英太郎はダイニングルームの大きなテーブルに千春と向き合って食事をした。

山形で暮らしていた頃に料理が得意な母親から指導を受けたという千春は、かつては毎晩、栄養バランスがよくて、美味しくて、手の込んだ料理の数々をテーブルに並べてくれたものだった。かつての恋人たちは、料理ができない女ばかりだったから、そのことも英太郎には新鮮に感じられた。

けれど、最近の食卓に並んでいるのは、スーパーマーケットやコンビニエンスストアで買ってきて、プラスティックのトレイからたった今、取り出したような惣菜《そうざい》などばかりだった。千春の料理を食べ慣れた英太郎には、そういう惣菜類は塩分が多すぎるように感じられたし、脂っこすぎるだけでなく、使っている油も質がよくないように感じられた。

食事をしながら、千春はテレビドラマを見ていた。

かつてのふたりは食事をする時にテレビを点《つ》けなかった。テレビなんかを見るより、一日のお互いの出来事を報告し合っているほうがずっと楽しかったからだ。

けれど、今はテレビが点いてないと、重苦しい沈黙の時間が続いて気まずかった。

料理の皿からふと顔を上げた英太郎は、食器棚の片隅にコーヒーメーカーらしきものが置かれているのに気づいた。英太郎と同じように千春も紅茶派で、自宅でコーヒーを飲むという習慣がなかったから、コーヒーメーカーが自宅にあるのは不思議な気がした。

「あれ、コーヒーメーカーだろう？　どうしてあんなものがこの家にあるんだ？」

箸《はし》を持っていないほうの左手で、食器棚を指差して英太郎は訊いた。人々の前では自分を『愛妻家』だと言っている英太郎の左の薬指には、結婚式の日に牧師の前で千春が嵌《は》めてくれたプラチナの指輪がいつも光っていた。

「ああ、あれ？　飲みたかったから買ったの」

テレビに目を遣《や》ったままの千春が素っ気ない口調で答え、英太郎はそれ以上の質問をやめて食事を続けた。心の中では、俺たちの仲がこんなにも冷え切ってしまったのは、やっぱりあのことが原因なのだろうか……それとも、ほかにも何か理由があるのだろうかと考えていた。

子供が大好きだという千春は、まだ結婚する前から早く子供を欲しいとしばしば口にしていた。英太郎の両親も早く孫の顔が見たいと言い続けていたし、山形で暮らす千春の両親もそのようだった。

けれど、避妊のようなことは何もしていないにもかかわらず、いつになっても千春は妊娠しなかった。

「きっとわたしに問題があるんだと思う。わたし、昔から体が弱かったし、生理も不順だから……ねえ、もし、わたしが子供を産めない体だったら、英太郎さんはどうする？　わたしと離婚して、別の人と結婚する？」

一年半ほど前に、千春は思い詰めたような顔で英太郎に訊いた。

「離婚するはずがないだろう。たとえ子供が産めなくても、俺には千春が必要なんだ」

あの時、英太郎は優しく笑いながらそう言った。

「英太郎さん、本当にそう思ってる？」

「当たり前じゃないか」

英太郎はそう言うと、さらに優しく微笑んだ。

けれど、心の中では、もし千春に何らかの問題があり、不妊治療をしても子供が産めないのなら離婚することも考えなくてはならないと思っていた。

「ありがとう、英太郎さん。そう言ってもらえて、すごく嬉しい」

「でも、一度病院で診てもらってきたらどうだ？　不妊の原因がわかれば、対処の仕方もあるだろうし」

あの日、英太郎はそう提案し、千春は不安げな顔をしながらも、「そうするわ」と言って頷《うなず》いた。

それから数日後に、千春はひとりで産婦人科のクリニックに行って検査を受けた。けれど、時間をかけていろいろな検査をしたにもかかわらず、千春には何の問題も見つからなかった。

「だったら、どうして赤ちゃんができないんでしょう？」

首を傾げて尋ねる千春に、産婦人科の医師は夫である英太郎にも検査を受けてもらったらどうかと提案したという。

「ごめんね、英太郎さん。忙しいのに申し訳ないんだけど、わたしと一緒に病院に行ってくれる？」

本当に申し訳なさそうな顔をした千春にそう頼まれ、英太郎は非番の日に千春と一緒に産婦人科のクリニックに足を運び、そこでまず精液の検査を受けた。

『この俺に問題があるわけないじゃないか』

英太郎はそう思いながらも、心の中では微《かす》かな不安も感じてもいた。英太郎はこれまでに数え切れないほどの女たちと付き合ってきたが、いつもいい加減な避妊しかしていなかったというのに、妊娠した女が誰ひとりいなかったからだ。

その不安は的中した。千春が妊娠できない原因は、極めて健康的に見えた英太郎にあったのだ。英太郎の体液には精子が一匹も含まれていなかったのだ。

産婦人科の医師は、千春と英太郎を前にして、今の医学ではふたりに赤ん坊を授けることはまずできないだろうと難しい顔をして言った。

それを聞いた千春はひどく嘆き、医師と看護師の前でぽろぽろと涙を流した。

クリニックからの帰り道で、英太郎は千春に「俺のせいで、ごめん」と謝罪した。

千春が何か優しい言葉を、たとえば、『気にしないで、英太郎さん』とか、『誰のせいでもないわ。自分を責めないで』などという言葉を返してくれるだろうと英太郎は思っていた。

けれど、あの日の千春は涙ぐんでいるだけで、何ひとつ言葉を口にしなかった。きっと、それほどにショックを受けていたのだろう。

だが、英太郎のほうも、千春に負けないほどに大きなショックを受けていた。まるで医師から『お前は不良品だ』と言われたような気がしていたのだ。

英太郎は子供が好きでたまらないというほどではなかった。だが、自分には息子も娘も望めないのだ、両親に孫を抱かせてやることができないのだと考えると、やはりとても沈鬱《ちんうつ》な気分になった。

それだけでなく、生まれてから初めて、英太郎は劣等感のようなものを覚えた。

ずっと優等生で、運動もできて、顔も体格もよくて、女にもとてもモテた英太郎には、自分が他人よりも劣っているというのは、非常に受け入れ難いことだった。

千春のほうもショックから立ち直れないようで、その後の英太郎に対する態度はなんとなくぎこちなく、なんとなくよそよそしかった。面と向かって英太郎を非難することはなかったが、心の中ではきっと、非難の矛先を英太郎に向けていたに違いなかった。

英太郎は千春に『このことは誰にも言うな。山形の両親にも内緒だ。いいな』と命じた。自分もこのことを、両親だけでなく、親友たちにも言わないつもりだった。

他の人々から『あいつは不良品だ』と思われたくなかった。そんなことを思われたら、生きていけないような気がした。


あれはふたりで産婦人科のクリニックを訪れて、一週間ほどがすぎた夜のことだった。仕事を終えて帰宅した英太郎に、思い詰めたような顔をした千春がこんな提案をしてきた。

「ねえ、英太郎さん、ほかの人の精子を使うのはどうかしら？」

英太郎はキョトンとした顔をして、千春を見つめた。何を言われたのかが、にわかには理解できなかったのだ。

そんな英太郎に向かって、千春がさらに言葉を続けた。

「インターネットでいろいろと調べてみたら、精子バンクっていうのがあって、お金を払えばそこから精子の提供が受けられるみたいなの。健康な人の精子だけど、その人がどこの誰かはわたしたちにはわからない仕組みになっているらしいの。だから、わたしは顔も名前もわからないその人の精子を使って、産婦人科で人工授精をしてもらえるの。そうしたら、わたし、妊娠できるようになるのよ。人工授精っていうのは、体外受精とは違ってすごく簡単で、安全なことみたいなの。どう、英太郎さん？　すごくいいアイディアだと思わない？」

口数のそれほど多くない千春が、それほど多くのことを一度に話すのは初めてのような気がした。

のっぺりとした千春の顔には、輝くような笑みが浮かんでいた。どうやら、自分がとてもいいことを思いついたと考えているらしかった。

そう。千春は英太郎ではない男から精子の提供を受けて、子供を出産しようと考えているのだ。

だが、それは受け入れられることではなかった。

そんなふうにして生まれた赤ん坊は、英太郎の血を一滴も受け継いでいないのだ。生まれてきた赤ん坊は、千春の子ではあっても、英太郎の子では断じてないのだ。

英太郎の妻である千春が、英太郎以外の男の子を産むなどということは、何があろうと絶対に受け入れられることではなかった。それはまるで、妻の不倫を容認するようなものだった。

「ダメだ。そんなことはできない」

英太郎は目を吊《つ》り上げて千春を睨《にら》みつけ、大きな声で強く否定した。その瞬間、ほかの男に犯されている千春の姿が目に浮かんだ。

「できないって……どうして？」

驚いたような顔をして千春が英太郎を見上げた。

「どうしてもだ。その話は、これで終わりだ。俺の前で、その話は二度とするな」

凄《すさ》まじい怒りが込み上げるのを感じながら、強い口調で英太郎は命じた。

いつも従順で、逆らうことなど決してなかった千春だったが、あの晩は引き下がらなかった。

「それじゃあ、どうすればいいの？　教えて、英太郎さん。わたしは一生、子供を産めないの？　わたしたち、子供のいない人生を歩むことになるの？　そうなの？」

顔を赤くした千春が、唾《つば》を飛ばして言い返した。赤くなったその顔に、怒りと苛立《いらだ》ちが浮かんでいた。

「ああ、そうだ。千春は子供は産めない。俺たちは一生、子供は持たない。そういうことだ。この話は二度とするな。いいな？　これは命令だっ！　もし、今度この話をしたら、ただじゃおかないぞっ！」

大声でそう怒鳴ると、英太郎は千春の反論を待たずに背中を向けた。

その後の千春は急に冷たくなった。

それまではセックスを求められて拒んだことなど一度もなかったというのに、それ以降は「今夜はいや」などと言って、たびたびそれを拒むようにもなった。「妊娠できるわけじゃないのに、どうしてそんなことをする必要があるの？」などと、英太郎のことを不良品のように言うこともあった。

そのことに、英太郎はひどく傷ついたし、体が震えるような怒りを覚えもした。

6

千春はリビングルームでテレビを見続けていたが、翌朝は早いので、英太郎は先に寝室に向かい、キングサイズの大きなベッドにその逞《たくま》しい体を横たえた。夫婦仲がギクシャクしている今も、千春と英太郎は同じベッドで眠っていた。

サイドテーブルの上の笠《かさ》付きの電気スタンドの明かりを消そうとした瞬間、英太郎はまたしても鼻をヒクヒクと動かした。ベッドに敷かれているシーツから、あるいは体にかかっている羽毛の布団から、英太郎のものでも千春のものでもない体臭が立ち上っているような気がしたのだ。

英太郎は布団を捲《まく》り上げ、シーツや掛け布団に鼻を押しつけ、まるで警察犬のようにそのにおいを執拗《しつよう》に嗅《か》いだ。

最初は確かに他人の体臭を感じた。けれど、嗅いでいるうちに、そんなものは感じなくなっていった。

気のせい？

そうだと思いたかった。このベッドに他人が身を横たえたなどとは、考えたくもなかった。だが、そうではないようにも感じられた。

そう。少し前から、英太郎は千春の浮気を疑っていたのだ。

結婚するまでは男と一度も付き合ったことのなかった千春に限って、そんなことはないとは思うが……。

そんなことを考えながら、英太郎は電気スタンドの明かりを消し、暗がりに沈んだ天井をじっと見つめた。

山形に暮らす母親と同じように、千春はお洒落《しゃれ》にはまるで無関心で、身につけている下着はデザインよりも機能性を重視したものばかりだった。けれど、最近の千春はとてもフェミニンなデザインの洒落た下着を……いや、エロティックと言ってもいいようなキャミソールやブラジャーやショーツを身につけるようになっていた。

それだけではない。かつての千春は化粧をすることがほとんどなかった。たとえあったとしても、唇にルージュを塗るぐらいだった。

けれど、最近はいろいろな化粧品を購入しているようで、ドレッサーの引き出しを開けてみると、アイシャドウやファンデーションやマスカラやアイライナーなどがいくつも入っていた。化粧品だけでなく、ドレッサーの引き出しには、いくつものイヤリングやネックレスやペンダントやブレスレットも入っていた。

一度、英太郎は千春にその理由を尋ねたことがあった。すると千春は、「もう若くないから、少しは身だしなみに気を遣わないといけないと思ったの」と答えた。

その時は、『その通りかもしれないな』と英太郎も考え、それ以上の追及はしなかった。

だが、英太郎が千春の浮気を疑うようになったのには、その他にもいくつかの理由があった。

かつての千春は美容室にはめったに行かず、伸びてしまった黒い髪を後頭部でいつもひとつに結んでいた。けれど、最近は頻繁に美容室に行っているらしく、ヘアスタイルをさまざまに変えていた。今の千春は、真っ直ぐな髪を肩のすぐ上で切りそろえるボブスタイルをしていた。少し前まではダークブラウンに染めてもいた。

さらには、かつての千春は運動にも関心はなかったはずなのに、この一年半ほどは『痩《や》せたい』という理由からスポーツクラブにも通っていた。

不信を抱いた英太郎は、千春が買い物に出かけている時や入浴中に、彼女の財布やバッグの中身をこっそりと調べてみた。するとそこから、エステティックサロンやネイルサロン、瘦身《そうしん》マッサージサロンなどのメンバーズカードが見つかった。千春は英太郎には内緒で、半年ほど前からそれらに通っているらしかった。

そう。最近の千春は、より綺麗《きれい》になりたいと望んでいるらしかった。もっとあからさまに言えば、色気づいているようだった。

千春は美人とは程遠い容姿の持ち主だったし、スタイルもかなり悪いほうだった。だから、英太郎と出会うまでは、男と付き合ったことが一度もなかったのだ。

それでも、千春は明るくて、朗らかで、笑顔が可愛らしく、肌が綺麗で、男に甲斐甲斐《かいがい》しく尽くすタイプの女だったから、好きになる男が絶対にいないとは言い切れないような気がした。

7

千春が寝室にやってきたのは、英太郎がベッドに入ってから三十分ほどがすぎた頃だった。

ドアが開いた瞬間、英太郎はとっさに眠っているフリをした。今夜はもう、千春とは口をききたくなかったのだ。

サイドテーブルの電気スタンドは消えていたけれど、カーテンの隙間から窓のすぐ向こうに立つ街路灯の光が漏れ入ってきたから、室内は歩けないほどに真っ暗というわけではなかった。

寝室に入ってきた千春はカーディガンを脱ぎ、それを部屋の片隅のクロゼットのハンガーに吊るした。そして、英太郎が横になっているベッドにゆっくりと歩み寄り、柔らかな羽毛の布団をそっと捲り上げ、結婚してからずっとそうしているように英太郎の左側に静かに身を横たえた。

鼻のいい英太郎は、すぐ隣にいる千春の豊満な体から漂う、ボディソープやシャンプーやコンディショナーなどの香りを嗅ぎ取った。

そのにおいを嗅いだ瞬間、どういうわけか、英太郎の中に急にむらむらと性的な欲望が湧き上がってきた。思い起こしてみれば、かなり長いあいだ千春を抱いていなかった。

次の瞬間、英太郎はいきなり千春にのしかかった。

「あっ！　何っ！　やめてっ！　いやっ！」

千春は激しく抗《あらが》い、英太郎を押しのけようとした。

英太郎はそんな千春の豊かな乳房を、パジャマの上から荒々しく揉《も》みしだいた。ベッドに入るときにはブラジャーをしないというのが、千春の昔からの習慣だった。

さらに、英太郎は唇を千春のそれに重ね合わせ、口の中に舌を無理やり押し込もうとした。けれど、千春は歯を強く食いしばり、英太郎の舌を口に入れさせまいとした。

「いやっ！　やめてっ！　いやっ！　いやっ！」

胸を揉みしだき続ける英太郎の手を押さえつけ、千春は首を左右に振って激しく拒んだ。千春がそれほど激しく抵抗したのは、英太郎が覚えている限りでは初めてだった。

だが、力に勝る英太郎は難なく千春を押さえ込み、力ずくでパジャマを脱がせ始めた。いくつかのボタンが千切れて弾《はじ》け飛んだ。それだけでなく、パジャマの生地が鋭い音を立てて裂けた。

「いやっ！　乱暴はやめてっ！　いやーっ！　いやーっ！」

千春はなおも激しく抗った。

そんな千春から英太郎はキャミソールを剝《は》ぎ取り、脂肪層に食い込んでいた小さなショーツを力ずくで毟《むし》り取った。また布の裂ける音がした。

「やめてーっ！　警察に通報するわよっ！　そうしたら、あなたは懲戒免職よっ！」

暗がりに目を見開いた千春が、唾《つば》を飛ばしてヒステリックに叫んだ。

「通報したいなら、勝手にしろっ！」

そう言い捨てると、英太郎は柔道のように千春をがっちりと押さえつけ、その脚を力ずくで左右に広げさせた。そして、すでに荒々しくいきり立っていた男性器を千春の股《こ》間《かん》に宛てがい、腰を突き出すようにして強引にねじ込み、腰を猛烈に打ち振って子宮を激しく突き上げた。

「いやっ！　いやっ！　いやーっ！」

腰を激しく振り動かしながら、英太郎は再び唇を重ね合わせ、舌の先で千春の口をこじ開けようとした。けれど、千春はますます強く歯を食いしばり、英太郎の舌が入ってくることを許さなかった。

ほんの五分ほどで英太郎は絶頂に達し、千春の中に多量の体液を注ぎ入れた。

「やめてって言ったのに、どうしてやったの？　あなたって、最低の男ね。こんなの、完全にレイプじゃないっ！」

ベッドを飛び出した千春が床に仁王立ちになり、細い目を吊《つ》り上げ、怒りに顔を歪《ゆが》めて英太郎を見つめた。

英太郎はサイドテーブルに手を伸ばし、そこに載せられた電気スタンドの明かりを灯《とも》した。そのことによって、贅肉《ぜいにく》がたっぷりとついた千春の体がよく見えた。

白く豊かな千春の左の乳房には、キスマークにも見える赤いアザが残っていた。

それを英太郎は不思議に感じた。今夜の英太郎は、そんな場所にキスをした覚えはなかったから。

「夫が妻を抱いて何が悪いんだっ！」

全裸の妻に向かって英太郎は言い返した。千春の太腿《ふともも》の内側を、たった今放出した英太郎の白濁した精液が、鈍く光りながら流れ落ちて行くのが見えた。

「無意味なことはやめて。不愉快よっ！　種なしの癖にっ！」

込み上げる怒りに顔を真っ赤にした千春が、甲高い声でヒステリックに叫んだ。

「何だと？　もう一度、言ってみろっ！」

英太郎は反射的にベッドに上半身を起こした。

「何度でも言ってやるっ！　種なしなのよっ！　あなたは種なしなのっ！　種なしのくせに、セックスなんてしないでっ！」

その言葉に英太郎は切れた。

その直後に、英太郎はベッドを飛び出し、全裸で床に立ち尽くしている千春の左の頬を、右の掌《てのひら》でしたたかに張り飛ばした。

ぴしゃっという鋭い音とともに、千春の顔が真横を向いた。口から唾液《だえき》が勢いよく飛び散るのが見えた。

千春に暴力を振るったのは、それが初めてだった。

「いやーっ！　もう、いやーっ！」

頬を張られた千春が崩れ落ちるかのようにその場に蹲《うずくま》り、両手で顔を覆って凄《すさ》まじいまでの叫びをあげた。近所に聞こえてしまうのではないかと、心配になるほどだった。

次の瞬間、立ち上がった千春は、全裸のままドアに駆け寄り、そのまま寝室を飛び出して行った。

階段を駆け下りて行く足音が、残された英太郎の耳に届いた。

8

寝室を飛び出した千春は、全裸のまま一階にある八畳の客間へと向かった。そこはこの家で唯一の和室だった。

糸のように細い千春の目からは、絶え間なく涙が溢《あふ》れ出ていた。口からは嗚咽《おえつ》も漏れていた。

悔しかったし、悲しかった。これまで必死に耐えてきたけれど、これ以上あんな最低の男と暮らし続けるのはもう限界だった。

押し入れの襖《ふすま》を開けた千春は、そこに畳まれていた客用の浴衣《ゆかた》を身につけた。それから、客用布団を押し入れから取り出し、それを部屋の片隅に敷いた。とりあえず今夜はこの客間で眠るつもりだった。

明かりを消して布団に身を横たえると、また新たな涙が溢れ始めた。

分厚い掌で力任せに張られた左の頬が、ひどく腫《は》れ上がって熱を発し、ずきん、ずきんと絶え間なく疼《うず》いていた。左の耳ではキーンという甲高い音が耳鳴りのように続いていて、ほかの音がほとんど聞こえなくなっていた。口の中がかなり切れているようで、血の味が舌の上に耐えず広がっていった。

「ああっ、何てバカだったんだろう……あんな男だとわかっていたら、結婚なんかしなかったのに……」

少し湿った掛け布団を首まで引っ張り上げ、なおも涙を溢れさせながら千春は小声で呟《つぶや》いた。

千春の勤務していた総合病院に英太郎が救急車で運び込まれたのは、今から八年ほど前のことで、千春はまだ二十五歳だった。

追い詰められて自暴自棄になった犯人に鋭利なナイフで刺されたという英太郎の傷は、軽いものではなかったが、命に別状はないということだった。体力があったということもあって、英太郎は医師が目を見張るほどの回復を見せた。

千春は入院当初から彼の看護を担当していた。最初の数日、英太郎は重症患者用の病室にいて、満足に話ができるような状態ではなかった。だが、彼はすぐに元気になって一般病室に移され、やがては看護に訪れる千春にいろいろな話をするようになった。

明るくて爽《さわ》やかで、すごく素敵な人だな。

英太郎の病室を訪れるたびに千春はそう思い、密《ひそ》かに胸を高鳴らせていた。

そう。あの頃の千春の目には、英太郎はとても爽やかで、礼儀正しくて、お茶目で明るい好青年に映ったのだ。

そう感じていたのは千春だけではなく、休憩室では独身の若い女性看護師たちが英太郎の噂を盛んにしていた。

彼女たちが患者の個人的な情報をどこから仕入れてきたのかはわからなかったが、その噂話によって、千春は英太郎が国立大学を優秀な成績で卒業しているということや、勇敢で有能で正義感の強い刑事で、警察署では将来を嘱望されているということなどを知った。彼の父親が腕の立つテーラーだということまで知った。

一般病棟に移されてからの英太郎は、千春が病室を訪れるたびに、爽やかで優しげな笑みを浮かべていろいろなことを話した。

そんなふうに話しているうちに、英太郎への千春の思いは少しずつ、少しずつ、募っていった。時には、『この人、もしかしたら、わたしのことが好きなの？』と感じさせられることもあった。

けれど、そう感じるたびに、千春は自分にこう言い聞かせた。

ダメよ、千春。好きになっちゃダメ。こんなに素敵な人が、あんたみたいに鈍臭い田舎娘を好きになるはずがないんだから。この人は誰に対しても、こういう態度で接する人なのよ。たぶん、八方美人で、外面がいいだけの人なのよ。

今になって思えば、あの時の千春の直感は当たっていた。

そう。英太郎は外面がいいのだ。ほかの人間たちに自分がどう見られているかということを、極端に気にする男なのだ。自分が正義の使者だと、みんなから思われたがっている男なのだ。

だが、まだ二十五歳で、男と一度も付き合ったことのなかったあの時の千春には、英太郎という男について、そこまで深く推測することは不可能だった。

あの頃の千春にできたのは、思ってもみなかった英太郎からの求愛を『身に余る光栄』だと感じ、喜びに身を震わせて受け入れることだけだった。

結婚してすぐに、英太郎は徐々に千春の前で本性を見せるようになった。

それでも、千春はほとんど彼に逆らわず、「はい」「はい」と言って、彼の言いつけにいつも従っていた。そうしておけば、英太郎は機嫌がよかったから、わざわざ逆らう必要はなかった。

長時間のオーラルセックスを強いられたり、手錠で拘束されたり、口枷《かせ》を嚙《か》まされて犯されるのは屈辱的だった。股間《こかん》に合成樹脂性の疑似男性器を押し込まれるたびに、悔しさがこみ上げて泣き出してしまいそうになった。

だが、それだって、頭を空っぽにして従っていれば、たいした問題はなかった。

英太郎には性格の悪いところもあったけれど、そこさえ見ないようにすれば、悪くない夫のように感じられた。

そんな千春が変わったのは、英太郎の体液に精子が一匹も含まれていないと知ってからだった。

それは決して英太郎の責任ではなく、彼には責められる筋合いはないはずだった。

それは千春もよくわかっていた。だから、彼を責めはしなかった。

けれど、英太郎のせいで、自分の子供を抱くことが永久にできないのだと思うと、彼に対して憎しみに近い感情が湧き上がってくるのを抑えることができなかった。

その感情が爆発したのは、精子バンクの利用で言い争ってからだった。千春が精子バンクで精液の提供を受けて子供を産みたいと、必死になって訴えたにもかかわらず、英太郎は『ダメだ。そんなことはできない』という一言で、その提案を却下したのだ。

「できないって……どうして？」

自分が素晴らしい提案をしたと思っていた千春は、ひどく驚いて英太郎を見上げた。すると、英太郎は鬼のような形相になってこう言ったのだ。

「どうしてもだ。その話は、これで終わりだ。俺の前で、その話は二度とするな」

それまで千春は英太郎に逆らったことはほとんどなかった。けれど、その言葉は絶対に受け入れることができなかった。

「それじゃあ、どうすればいいの？　教えて、英太郎さん。わたしは一生、子供を産めないの？　わたしたち、子供のいない人生を歩むことになるの？　そうなの？」

千春は必死に言い返した。けれど、英太郎が自分を曲げることはなかった。

「ああ、そうだ。千春は子供は産めない。俺たちは一生、子供は持たない。そういうことだ。この話は二度とするな。いいな？　これは命令だっ！　もし、今度この話をしたら、ただじゃおかないぞっ！」

それを聞いた瞬間、千春の中で何かが壊れた。自分の中で何かが壊れたのを、千春ははっきりと感じた。

それからは英太郎の悪いところばかりが目につくようになった。

彼は極端に自己愛が強く、自分が優れた人間だと思い込んでいた。そして、ほかの人を見下していて、とても独善的な男だった。さらには、支配欲が強くて、傲慢《ごうまん》で、強欲で、見栄っ張りで、嫉妬《しっと》深くて……千春のことを愚かな女だと決めつけていて、意見など言わずに自分に従っていればいいと考えているような下劣な男だった。

精子バンクの件で言い争ってからの千春は、英太郎を見るたびに嫌悪と憎悪を抱くようになった。

9

全裸で寝室を飛び出して行った千春は、いつまで経っても戻ってこなかった。

あの女、どうして戻ってこないんだ？　いったい、この俺を何だと思っているんだ？

怒りと苛立《いらだ》ちを募らせながらベッドを出ると、英太郎は床や階段をどんどんと踏み鳴らすようにして階下へと向かった。

千春は客間にいた。畳の上に客用の布団を敷き、客用の浴衣を着込んで横になっていた。

「何？　何か用？」

天井の明かりを灯した英太郎を見つめて、千春がひどく刺々《とげとげ》しい口調で言った。

「さっきは悪かった。許してくれ」

横になったままの千春を見下ろして英太郎は謝罪の言葉を口にした。無理やりセックスをしたことではなく、暴力を振るったことに対する謝罪だった。

けれど、千春は返事をしなかった。英太郎に背を向け、掛け布団を引っ張り上げただけだった。

「おい、千春……」

「出て行ってっ！　もう眠いのっ！」

英太郎に背を向けたまま一段と刺々しい口調で千春が言い、新たに込み上げた怒りに身を震わせながらも、英太郎は無言で明かりを消すと、部屋のドアを勢いよく閉めた。

何も言わなかったのは、もし口を開いたら、再び千春を怒鳴りつけ、さっきよりさらに激しい暴力を振るってしまいそうだったからだ。

客間を離れた英太郎はキッチンの冷蔵庫へと向かった。ひどく喉《のど》が渇いていたので、冷たいビールでも飲むつもりだった。

英太郎は常々、男はキッチンに立つものではないと考えていた。そんな英太郎だったから、冷蔵庫の前に立つのはとても久しぶりな気がした。

久しぶりに冷蔵庫の扉を開けると、そこに見慣れない外国製の瓶入りのビールが何本か入っているのが目に入った。

どうして、こんなビールがあるんだ？

英太郎は首を傾げた。千春も英太郎もよくビールを飲んでいたが、それは国産の缶入りビールだった。

俺の留守中に、この家に誰か来ているのか？

そんな思いを頭によぎらせながら、英太郎はいつもの国産の缶ビールを冷蔵庫から取り出し、プルトップを開けてそれを一気にあおった。

キッチンの片隅にスマートフォンが置かれているのが目に入った。千春のものに違いなかった。

英太郎はそのスマートフォンに手を伸ばし、わずかな罪悪感を覚えながらそれを開いた。

いや、開くことはできなかった。それを開くには指紋認証か、暗証番号が必要だったからだ。

英太郎は小さく舌打ちをした。それから、缶の中に残っているビールを一気に飲み干した。

10

その翌日も、英太郎は警察署の四階にある取調室で容疑者と向き合っていた。補佐官はきょうも、華奢《きゃしゃ》な体つきの横山美鶴だった。

英太郎がこれから取り調べる容疑者は、三十三歳の岩間《いわま》裕也《ゆうや》という男だった。岩間裕也は自分の妻と、その浮気相手を包丁で刺殺した容疑で逮捕されていた。ミキサー車で建築現場に生コンを運ぶ仕事をしていた岩間は、妻が自宅で浮気相手と密会していた現場に乗り込み、キッチンにあった包丁を使って逃げ惑うふたりを次々と刺したのだ。

あゆみという名の三十歳の妻も、妻の浮気相手でコンビニエンスストアのアルバイト店員をしていた二十四歳の高橋憲和《たかはしのりかず》という男も、包丁で全身の十数カ所を刺されていた。その刺し傷の多くがとても深いもので、ふたりの死因は失血死のようだった。

岩間裕也はよく日焼けした体の大きな男で、目が大きくて、鼻が高くて、彫りの深い顔立ちをしていた。昔はサッカーをしていたらしいが、最近はミキサー車の運転をしているだけで、運動は何もしていないようで、その腹部は相撲取りのように前方に突き出していた。顎《あご》の下にもたっぷりと肉がついていた。

岩間裕也は自分にかけられている容疑をすべて認めた上で、悪いのは自分ではなく、妻とその浮気相手なのだと、逮捕されてからずっと主張していた。

「あの女は俺に隠れて、ずっと別の男と寝ていやがったんだ。俺が必死で働いているあいだ、コンビニのアルバイト店員を家に連れ込んで、いちゃついていやがったんだ。殺されるのは当たり前だ。刑事さんもそう思わないか？」

取調室の椅子に座るやいなや、まくし立てるかのように岩間はそう切り出した。岩間は妻の浮気現場を押さえるために、自宅に隠しカメラを設置していたのだという。

隠しカメラっていうのは、そんなにも普及しているものなのか。

容疑者の話を聞きながら、英太郎はそんなことを考えた。そういえば、実の娘を殺してその死体を描いた画家も、自宅に設置した隠しカメラで娘の裸や寝姿を盗み見ていた。隣室の会話を盗聴器で盗み聞きし、その声をディスクに記録していた作業員もいた。

「岩間さん、あなたの言っていることは、あまりに一方的です。情状の余地がまったくないとは言いませんが、罪に問われるべきはあなたです。あなたは自分の罪を正当化しようとしているだけです」

毅然《きぜん》とした口調で英太郎は言った。けれど、それは警察官としての建前で、心の中では岩間裕也の言う通りだと考えていた。

そう。岩間裕也はやるべきことをしたのだ。法はそれを許さなくても、彼は決して間違っていないのだ。

「刑事さん、建前はやめてくださいよ」

岩間裕也が笑った。日焼けしたその顔には、英太郎の心を見透かしたかのような表情が浮かんでいた。

「建前って……わたしは正論を言っているんです、岩間さん」

心の動揺を押し隠すかのように、やはり毅然とした口調で英太郎は言った。

「違うでしょう、刑事さん？　刑事さんだって、わたしの立場になったら、きっと同じことをしますよ。刑事さんからは、仲間のにおいがするんです」

「仲間のにおい？」

「そうです。今は刑事なんてしているけど、刑事さんはこっち側の人間なんです。俺と同じ側の嫉妬深い男なんです」

楽しげに笑いながら、岩間裕也が言った。

英太郎は無言で首を左右に振り、右隣に座っている横山美鶴に視線を送った。

横山美鶴の可愛らしい顔には苦笑いが浮かんでいた。きょうの横山美鶴は濃紺のジャケットに、タータンチェックのタイトなスカートを穿《は》いていた。足元はきょうも踵《かかと》の高くないパンプスだった。

「自分の女房が見知らぬ男とセックスして、激しく乱れているのを見たら、きっと刑事さんも俺と同じことをしますよ」

黙っている英太郎に向かって、岩間裕也がさらに言葉を続けた。

岩間裕也は隠しカメラから送られてくる映像と音声を、自分のスマートフォンを使ってミキサー車の運転席で視聴していた。そして、妻がまさにコンビニエンスストアのアルバイト店員とセックスをしている時に、そのミキサー車で自宅に戻り、憎いふたりを刺殺したのだ。

岩間のスマートフォンには妻と店員が性行為をしている動画の一部が残されていて、警察はそれを証拠として押収していたから、英太郎はそれを何度か目にしていた。

元々はキャバクラで働いていたという岩間の妻は、蓮《はす》っ葉《ぱ》な雰囲気の安っぽい女だった。岩間あゆみは決して美人ではなかったが、ギスギスに痩《や》せていて、金色の髪を長く伸ばしていて、化粧も濃くて、それなりに色気のある女だった。岩間あゆみは昔、英太郎が付き合っていたレースクイーンと何となく雰囲気が似ていた。

証拠として押収された動画での岩間あゆみは、自宅に連れ込んだ店員と夫婦のベッドの上で激しく交わり、長い金髪を振り乱して激しく喘《あえ》ぎ悶《もだ》えていた。

それを目にした岩間裕也が、ふたりを殺そうと考えたのはもっともなことだと、英太郎は密《ひそ》かに思っていた。

けれど、英太郎は刑事だったから、たとえそう考えていたのだとしても、『そうですね。岩間さんのしたことは正しいことです。あなたの奥さんは殺されて当たり前の女です』などと口にすることは絶対に許されなかった。

11

その日、妻とその愛人を刺殺した岩間裕也の取り調べが終了してから、英太郎は刑事室の片隅に置かれた自分のデスクにつき、自分のタブレット型端末を使って隠しカメラについていろいろと調べてみた。そして、『これがいいのかな?』『こっちのほうが使い勝手が良さそうかな?』などとかなり迷った末に、画質と音質がよくて、小さくて扱いが簡単そうな最新式のものを注文した。

娘を殺害した画家や、岩間裕也がしたように、英太郎もまた、自宅の数カ所に隠しカメラを取りつけるつもりだった。

そう。岩間が言ったように、英太郎は彼の仲間だったのだ。

英太郎が注文したのは、隠しカメラから送られてくる動画と音声を、スマートフォンで視聴することができるというものだった。

自宅にそれを取りつけることは、犯罪ではないはずだった。子供のいる夫婦には、そんなふうにして、留守宅にいる子供たちの様子を会社から見守っている者たちも少なくないようだったから。

けれど、実際に隠しカメラを注文したことで、英太郎の中には罪悪感にも似た感情が込み上げた。

法律がどうあろうと、そのことを知ったら、千春は許さないはずだった。

集音マイクの付いた超小型カメラは、翌日には英太郎の自宅に送られてきた。それは思っていたよりずっと小さな箱に納められていた。

宅配便の業者からそれを受け取ったのは千春だったが、英太郎に送られてきた荷物になど彼女はまったく関心がないようで、段ボール箱に収められたそれは、開封されることなく玄関に置かれたままになっていた。

英太郎は自分の書斎として使っている二階の部屋にその段ボール箱を持って上がり、

箱を開いて中身を取り出した。そして、説明書を丁寧に読みながら、超小型の三つのカメラをどこに取りつけようかと思案した。

してはならないことをするのだという罪悪感は、今もわだかまりのようなものとして胸を疼《うず》かせていた。ましてや、英太郎は刑事なのだ。法の番人なのだ。

それにもかかわらず、英太郎は隠しカメラを取りつけるつもりだった。

その翌日、警察署に出勤するとすぐに、英太郎はホワイトボードの自分の名のところに『捜査』と書いてから電車を乗り継いで自宅に戻った。千春はいつも午前中にスポーツクラブに行くと聞いていたから、その時間なら彼女はいないはずだと考えてのことだった。

思った通り、自宅に千春の姿はなかった。

英太郎は急いで二階の書斎に行き、段ボール箱の中の集音マイク付きの超小型カメラを取り出した。そして、千春がいつ戻ってくるかとビクビクしながら、まず書斎の隣の寝室に向かい、それを天井の丸いライトの死角になる箇所に取りつけた。その後は一階に駆け下り、玄関に掛けられた静物画の額の陰と、リビングルームの換気扇の陰にカメラをそれぞれ取りつけた。

無駄なことであって欲しい。

集音マイク付きのカメラを取りつけながら、英太郎はそう願っていた。岩間裕也が見たようなものは、できることなら自分は目にしたくなかった。

ふだんの英太郎は、あまりスマートフォンを手にしない男だった。スマートフォンに振りまわされ、それを手放せないような者たちがあまり好きではないのだ。

けれど、その翌日から、英太郎は暇さえあればスマートフォンを覗《のぞ》くようになった。通勤する電車の中で、英太郎はスマートフォンを開いた。トイレに行くたびに、それを開いた。署のデスクについている時も、休み時間に食事をしている時も、休憩室で紅茶を飲んでいる時も……事件の捜査の途中にさえ、英太郎はスマートフォンを開いて自宅の様子を盗み見た。

自分の留守宅をこっそりと盗み見るというのは、想像していたより遥《はる》かに楽しく、遥かにスリリングな行為だった。スマートフォンを手に取り、留守宅を盗み見るたびに英太郎は『何が映るのだろう？』と心臓をひどく高鳴らせた。

当たり前のことだが、隠しカメラは頻繁に留守宅の千春の姿を映し出した。英太郎がいない自宅での千春は、どことなく楽しげに見えた。

自宅での千春は、食事を作ってそれを食べたり、洗濯物を干したり、掃除機をかけたり、紅茶を飲みケーキを食べながらテレビを眺めたり、だらしない恰好《かっこう》でソファにもたれてクッキーやチョコレートやアイスクリームを食べながら雑誌を読んだりしていた。ソファで昼寝をしている時もあった。

甘いものが本当に好きなんだな。これじゃあ、太るわけだ。

数十キロ離れた場所から妻を覗き見ながら、英太郎は何度となくそんなふうに思った。娘の様子を盗み見て胸を高鳴らせていた画家と同じように、英太郎はかなり夢中になって自分の留守中の妻の様子を盗み見た。山形の実家の母親や、看護師だった頃の友人たちと電話で話している千春の声を聞くこともできた。

千春が電話で自分の悪口を言うのではないかと、英太郎は考えていた。けれど、英太郎が聞いている限りでは、千春はそんなことは口にしなかった。お盆休みに千春の両親が、上京してくるらしいと知っただけだった。

千春は毎日のように出かけて行った。午前中はスポーツクラブに行くらしく、その時にはラフな恰好をしていて化粧はしていなかった。だが、時折、洒落《しゃれ》た装いをし、ドレッサーの前で化粧を施し、たくさんのアクセサリーを身につけて出かけて行くこともあった。そんな時には、千春は玄関で少し踵の高いパンプスを履きもした。

どこに行くのだろう？

英太郎は訝《いぶか》った。もしかしたら、男と会いに行くのではないかと思ったのだ。

そう。相変わらず、英太郎は千春の浮気を疑っていた。だが同時に、すべてが自分の思いすごしであって欲しいと強く願ってもいた。すべてのことが自分の考えすぎによる妄想で、千春は浮気なんてしていなかったのだ、と。

留守宅を盗み見ながら、英太郎は頻繁に取調室での岩間裕也との会話を思い出した。

『もし、刑事さんが俺の立場だったらどうします？　自分の女房が留守宅で男と乳繰り合っていたとしても、刑事さんは平気でいられますか？　男に抱かれて、はしたない声を出している女房と、相手の男を許してやれますか？』

あの時、英太郎は返事をしなかった。けれど、心の中では『許さないだろうな』と考えていた。

12

英太郎がついにそれを目にしてしまったのは、集音マイク付きの超小型カメラを自宅に取りつけて一週間ほどがすぎたある午後のことだった。

その午後、英太郎は署内にある食堂ではなく、署のすぐ近くの行きつけのラーメン屋に行った。そして、薄汚れてはいるけれど安くて美味《うま》いその店でひとりきりの遅い昼食を済ませ、署のすぐ隣にある公園のベンチで缶入りの紅茶を飲みながらくつろいでいた。

とても暖かくて、風のない穏やかな午後だった。公園の木々は濃い緑の葉を美しく茂らせ、手入れの行き届いた花壇では色とりどりの花が乱れるように咲いていた。いたるところから鳥の声が聞こえた。何羽もの蝶《ちょう》が花の上をひらひらと舞っているのも見えた。

公園には一日ごとに強くなる日差しが照りつけていた。英太郎が座っているベンチの上には、桜の樹が大きく枝を広げていて、その葉のあいだから差し込む木漏れ日が、父が作ったスーツを着込んだ英太郎に優しく降り注いでいた。

刑事の仕事は勤務日も勤務時間も不規則だったから、きょうが何曜日なのか忘れてしまうこともあった。けれど、その日は休日のようで、公園ではたくさんの家族連れが楽しげな様子で歩いていた。父親とキャッチボールをしている子供もいた。

そんな子供の姿を見るたびに、英太郎は『ああっ、俺が息子とキャッチボールをする日は、永久に訪れないんだな』と思って、少し沈んだ気持ちになった。英太郎は子供の頃、テーラーの父としばしばキャッチボールをしたものだった。

英太郎はゆっくりと脚を組むと、いつものようにバッグからスマートフォンを取り出した。一日に何度となくしているように、また自宅の様子を見てみることにしたのだ。

自宅に隠しカメラを取りつけたばかりの頃には、その画面に岩間裕也が目にしたようなものが……妻と浮気相手との痴態が、映し出されるのではないかと思ってドキドキしていた。けれど、今ではそんなこともなくなっていた。一週間にわたって留守宅を監視し続けたが、千春が浮気をしているという決定的な証拠は見つけられなかったからだ。

その午後、スマートフォンを手に取った英太郎は、耳にワイヤレスイヤフォンを押し込み、まず玄関の映像を見てみることにした。そのことに、たいした意味があったわけではないが、英太郎はいつもまず玄関を見て、その後にリビングルーム、寝室という順番で見ていくということにしていた。

玄関の映像に千春が映ることはごく稀《まれ》で、その午後も玄関からの映像には誰も映っていなかった。だが、英太郎がスマートフォンの映像をリビングルームに切り替えようとした瞬間、インターフォンの鳴らされる音がした。

宅配便かな？　それとも郵便屋かな？

長く逞《たくま》しい脚をゆっくりと組み替えながら、英太郎はそんなことを思った。

その直後に、玄関に千春が姿を現した。

千春は飾り気のない長袖《ながそで》の白いTシャツに、裾《すそ》の長いライトブルーのフレアスカートという恰好をしていた。千春が太っているせいで、そのTシャツは体にぴったりと張りついていて、背中の肉に食い込んだブラジャーが透けて見えた。

どういうわけか、玄関に立った千春の顔には、最近の英太郎が目にしたことがないような、とても嬉《うれ》しそうな笑みが浮かんでいた。

『いらっしゃい。待ってたわ』

親しげな口調でそう言いながら、千春が玄関のドアをさっと押し開けた。

ドアの向こうに立っていたのは、英太郎には見覚えのない男だった。

男の年は二十代の後半なのだろう。その男は背が高く、男にしてはほっそりとした体つきをしているように見えた。日焼けしたなかなかハンサムな男で、少し長めの髪を茶色に染めていた。男はチェックのボタンダウンシャツに、黒くぴったりとしたズボンを穿《は》いていた。足元は黒いショートブーツだった。

誰なんだ、この男は？

心拍が速まるのを感じながら、英太郎は思った。

男は玄関に足を踏み入れ、後ろ手にドアを閉めた。

その瞬間、英太郎の肉体を凄《すさ》まじいまでの衝撃が走り抜けた。

あろうことか……玄関のたたきに立った男が、両手で千春の体を抱き締めたのだ。それだけでなく、千春を抱き締めたまま唇を合わせ、Tシャツの上から千春の胸を揉《も》みしだきながら、唇を荒々しく貪《むさぼ》り始めたのだ。

『うむっ……うっ……』

男の唇で塞《ふさ》がれた千春の口から、くぐもった呻《うめ》きが生々しく漏れた。性能のとてもいい集音マイクが、その呻き声をリアルに拾い上げた。

英太郎の頭の中は真っ白になった。これほどの衝撃を受けたのは、おそらく、生まれてから初めてのことだった。自分でも驚くほどに体が震えていた。いつの間にか、口の中がからからになっていた。

13

長く濃密なキスをようやく終えた時には、千春の唇に塗られたルージュがひどく滲《にじ》んでいた。興奮のために千春の顔は上気し、細い目は欲望に潤んでいた。

かつての英太郎は千春のそんな顔を頻繁に目にしていた。けれど、夫婦仲がこじれ始めてからは、千春のそんな顔を見ることはなくなっていた。

すぐにふたりは抱き合うようにして、スマートフォンの画面から消えた。

猛烈に動揺し、激しく取り乱しながらも、英太郎は震える指でスマートフォンを操作した。リビングルームから送られてくる映像には、ふたりの姿は映っていなかった。けれど、寝室からのそれに千春とあの男の姿が映し出された。

寝室だって！

英太郎は心の中で呻きをあげた。苦痛のための呻きだった。

千春とあの男は寝室に入るやいなや、再び強く抱き合い、貪り合うかのような長く濃密なキスを続けた。男はそのまま千春をベッドに押し倒し、着ているものを脱がせ始めた。

ぴったりとしたTシャツの下に、千春は白いレースに縁取られた洒落たブラジャーをつけていた。そのブラジャーのカップから、グレープフルーツほどもある豊かな乳房がはみ出しているのが見えた。

男はそのブラジャーを慣れた手つきで外した。その瞬間、千春が両手で胸を押さえ、『あっ。いやっ』という、甘えたような声をあげた。

男は千春のその手を胸から難なくどかし、剝《む》き出しになった千春の乳房に唇を押しつけた。そして、チューチューという大きな音を立てて、少し濃い小豆《あずき》色をした乳首を飢えた赤ん坊のように貪った。

『あっ、待って……イセキくん、あっ……ダメよ、イセキくん……あっ、ダメっ……』

肉づきのいい白い体を悶《もだ》えさせながら、千春が男の名らしきものを口にした。最近の英太郎が耳にしたことがないような、極めて淫《みだ》らで、言いようもないほど浅ましい喘《あえ》ぎ声だった。

千春にのしかかった男は千春の乳首を貪り、キスをし、また乳首を吸い、その後はまた唇を合わせた。そのあいだ、千春はアダルトビデオの女優たちが出しているような声を絶え間なくあげ、豊満な体を右へ左へと捻《ねじ》って悶えていた。

やがて男は上半身を起こし、千春の下半身からライトブルーのフレアスカートを剝《は》ぎ取った。千春は抵抗をするどころか、スカートを脱がせる男に自分の手を貸していた。

スカートの下に千春が穿いていたのは、純白のとても小さなショーツだった。ぴったりとしたそのショーツはほとんど透けていて、薄い生地の向こうに押し潰《つぶ》された黒い毛がはっきりと見えた。

男がすぐにそのショーツに手をかけた。千春は自ら腰を浮かせ、男がショーツを脱がせやすいようにしていた。

『千春さん、好きだ……好きだ、千春さん……好きだ……好きだ……』

千春を愛撫《あいぶ》しながら、男は英太郎の妻の名と『好きだ』という言葉を繰り返した。そして、千春もそれに応《こた》えるかのように、『わたしもよっ！　わたしもイセキ君が好きっ！　大好きっ！』と繰り返した。

次の瞬間、男は身を起こし、着ているものを素早く脱ぎ捨てて全裸になった。

男は痩《や》せていたけれど、決してひ弱な体型ではなく、腕や腿《もも》にはしっかりと筋肉が張り詰めていた。男の体は小麦色に焼けていて、引き締まった尻《しり》には水着の跡が白くくっきりと残っていた。

全裸になった男は再び千春にのしかかった。そして、腕枕をするかのように千春の首の下に左腕を深く差し込み、その左手で仰向《あおむ》けになっている千春の左の乳房を揉みしだいたり、乳首をつまんだり、捻ったりした。

さらには、男は右手を千春の股間《こかん》に伸ばし、女のようにほっそりとした指の先でそこを……クリトリスと呼ばれる突起を執拗《しつよう》にまさぐり始めた。クリトリスは千春の最大の性感帯だった。

そのことによって、千春はさらに激しく乱れ始めた。それはまさに、アダルトビデオの女優さながらの痴態だった。

『あっ！　ダメっ！　イセキ君、そこはいやっ！　あっ、感じるっ！　あっ、ダメっ！　そこ、感じるっ！　感じるーっ！』

耳に押し込んだワイヤレスイヤフォンが、千春の張り上げるはしたない声を英太郎の耳に絶え間なく届けた。

喘ぎ悶えながら、千春は腰を浮かせたり、後頭部をベッドに擦《こす》りつけたり、首を左右に振り動かしたりした。

『千春さん、脚を広げて。もっとだよ。もっと広げて。もっと。もっと』

男が千春の耳元で言い、千春がそれに応じて素直に脚を大きく広げた。性能のいいカメラが分泌液にまみれた千春の局部をはっきりと映し出した。

その後も男は左手で千春の左乳房を揉みしだき、右手でクリトリスを刺激しながら、右の乳首を擦ったり、喘ぎ声をあげる千春の口に自分のそれを重ね合わせたりした。男の股間では英太郎に劣らぬほど巨大な男性器が荒々しくそそり立っていた。

見ていられなかった。それにもかかわらず、英太郎はスマートフォンを持つ手を激しく震わせながら、その浅ましい映像をまじまじと見つめ続けた。

イセキというらしいその男は、どうやら千春のどこをどう刺激すれば、彼女がどんな反応を見せるのかということを、英太郎以上に熟知しているようだった。

それはこのふたりが、かなり以前からこんなことをしているという何よりの証拠だった。

14

クリトリスに刺激を受けたことによって、千春は五分ほどで絶頂に達し、『あっ、いくっ！　いくっ！　あああああああーっ！』という獣のような声を張り上げながら、肉づきのいい体をびくん、びくんと痙攣《けいれん》させた。

休憩時間はそろそろ終わりだった。けれど、英太郎は耳にワイヤレスイヤフォンを押し込んだまま、スマートフォンの画面を見つめ続けた。見たくないにもかかわらず、見ずにはいられなかったのだ。

その後の千春はベッドに仰向けになった男の股間に自ら顔を伏せ、いきり立った男性器を深々と口に含み、その顔を上下に激しく振り動かし始めた。耳たぶのイヤリングが上下左右に激しく揺れた。

それは英太郎には信じがたい光景だった。千春は昔からオーラルセックスを嫌がっていて、いつも渋々といった顔をして英太郎の性器を口に含んでいたからだ。

そう。千春は英太郎の性器を啣《くわ》えるのを嫌っていた。だが、今は自ら進んで男の性器を深々と口に含み、髪を振り乱して夢中で顔を振り動かしていた。

そんな千春の髪を両手で鷲掴《わしづか》みにし、男は『いいよ……千春さん……いいよ……千春さん、いい……いい……いい……』と、うわ言のように繰り返していた。

「畜生っ……許せねえっ……畜生っ……畜生っ……」

ギリギリと音がするほど強く奥歯を嚙《か》み締め、英太郎は呻くように呟《つぶや》いた。最初のショックは消え、今では凄まじいまでの怒りが込み上げていたのだ。

千春は執拗に顔を振り動かし、やがて男が呻くように言った。

『あっ、出る……千春さん、出る……』

千春はさらに十秒ほど男の股間に顔を伏せていた。だが、やがてゆっくりと顔を上げ、男に向かって大きく口を開いて見せた。スマートフォンに送られてくる映像には映らなかったが、おそらく、千春の舌の上には男が放出した粘着質な体液が載っているのだろう。

色白な千春の顔は真っ赤に上気していた。

『飲んで、千春さん……飲んで……』

男が言った。日に焼けたその顔も、上気しているように見えた。

男の言葉に千春が嬉《うれ》しそうに頷《うなず》いた。そして、笑みを浮かべたまま口を閉じ、口の中のものを飲み下した。

千春の喉《のど》の鳴る音は、英太郎にはよく聞こえなかった。だが、千春の喉仏《のどぼとけ》が上下に動いているのははっきりと見えた。

千春が浮気をしているのではないかと、英太郎はある程度は予想していた。だからこそ、隠しカメラを取りつけたのだ。そして、隠しカメラがこんな映像を捉《とら》える日のことも、ある程度は覚悟していた。

だが、予想し、覚悟していたにもかかわらず、たった今、目にした光景に、英太郎は立ち上がることもできないほど打ちのめされていた。

行為を終えたふたりは、キングサイズの巨大なベッドに並んで横たわって話を始めた。あろうことか、男はいつも英太郎が身を横たえている場所に横になっていた。

話をしながら、男は千春に腕枕をしていた。千春のほうはとても嬉しそうな顔をして、男に抱きついていた。

高性能の集音マイクが拾い上げたふたりの会話から、英太郎はその男が千春が通っているスポーツクラブのインストラクターだということや、ふたりがすでに一年近くも関係を続けていることを知った。さらには千春がその男の子を妊娠していて、英太郎との離婚を決意していることを知った。

そう。千春は妊娠しているのだ。その男の子を産もうとしているのだ。

英太郎の頭の中が、再び真っ白になった。

どれくらいの時間が経ったのだろう。英太郎はようやく、スマートフォンを閉じた。

休日の公園には今も春の日差しが燦々《さんさん》と降り注いでいた。鳥の声も聞こえたし、子供たちのはしゃぐ声もした。蝶《ちょう》も舞っていたし、チューリップもパンジーもノースポールも咲いていた。

けれど、英太郎には何も見えていなかったし、何も聞こえていなかった。

『もし、刑事さんが俺の立場だったらどうします？　自分の女房が留守宅で男と乳繰り合っていたとしても、刑事さんは平気でいられますか？　男に抱かれて、はしたない声を出している女房と、相手の男を許してやれますか？』

岩間裕也の言葉がまた脳裏に甦《よみがえ》った。

「とことんバカにしやがってっ……人をコケにしやがってっ……許せねえっ……許せねえっ……許せねえっ……」

かつて一度も覚えたことがないほどの激しい怒りに突き動かされながら、英太郎は無意識のうちにそう繰り返していた。

15

その晩、勤務を終えた英太郎は、茫然《ぼうぜん》自失と言っていいような状態で自宅に戻った。前夜の暴力のこともあって、千春はツンとしていて、いつにもまして態度が素っ気なかった。けれど、それを別にすれば、千春の様子はいつもとまったく変わらなかった。そうなのだ。英太郎がこれほどまでに打ちのめされ、凄《すさ》まじいまでにショックを受けているというのに、千春はそのことに少しも気がつかないのだ。

おそらく、千春はすでに、完全に英太郎から興味を失っているのだろう。千春の頭の中は、スポーツクラブのインストラクターのことでいっぱいで、英太郎の姿などまったく目に入っていないのだろう。

英太郎は千春を問い詰め、口を割らないようなら暴力で痛めつけ、浮気を白状させてやろうかとも思った。自分にはそれをする権利があるように感じたのだ。

けれど、隠しカメラを設置しているという弱みがあるので、口にすることができないでいた。

英太郎は悶々《もんもん》としたまま食事を終え、悶々としたまま入浴を済ませ、悶々としたまま、テレビを見続けている千春をリビングルームに残して先にベッドに入った。

ベッドに仰向《あおむ》けになった瞬間、凄まじいまでの怒りが甦った。

今から数時間ほど前まで、まさにここに、あの男が身を横たえていたのだ。まさにここで、千春に腕枕をし、キスをしたり、胸を揉《も》んだり、乳首を吸ったりということを繰り返していたのだ。

きょうの午後、警察署のすぐ隣の公園から署に戻っても、英太郎はほとんど仕事が手につかず、気がつくとスマートフォンを見つめていた。

最初の行為のあとも、あの男は長くこの家にいた。そして、その後もいきり立った男性器で、二度にわたって千春の体を貫いた。最初は仰向けになった千春に身を重ねて腰を激しく打ち振り、その後は千春に四つん這《ば》いの姿勢をとらせ、硬直した男性器を背後から千春に何百回も突き入れ、最後は千春の中に精液を注ぎ入れた。

警察署での勤務を続けながら、英太郎はワイヤレスイヤフォンを耳に押し込み、そのほとんどをスマートフォンで盗み見ていた。

その後のふたりの会話から、英太郎は千春が離婚を考えていることや、その男と結婚するつもりでいることなどを知った。その男は英太郎の体液に精子が一匹も含まれていないということを、すでに千春から聞いているようだった。

「畜生……コケにしやがって……とことんコケにしやがって……」

天井を見つめて、英太郎はギリギリという音を立てて歯軋《はぎし》りをした。

16

その晩、千春は寝室にやって来なかった。前夜と同じように、客間で寝ることにしたようだった。

眠れないまま天井を見つめていた英太郎は、取調室での岩間裕也の言葉を次々と思い出した。

『ふたりをぶっ殺した時には、心の底からすっきりしたよ。あれほど爽快《そうかい》な気持ちになったのは、生まれて初めてかもしれないな』

『刑事さん、俺は後悔なんてしていないんだ。それどころか、もし、時間を巻き戻せたとしても、俺は同じことをするよ。女房とその男を何度でもぶっ殺してやるんだ』

『刑事さんは俺の気持ちがわかるよな？　刑事さんは俺の仲間だもんな』

天井を見つめたまま、英太郎はふーっと長く息を吐いた。そして、ゆっくりと上半身を起こすと、布団を払い除《の》けてベッドから立ち上がった。千春が寝ている客間に向かうつもりだった。

足音を忍ばせて客間のドアの前まで来た英太郎は、そのドアをそっと引き開けた。部屋の明かりは消されていたが、昨夜と同じ場所に敷いた布団に千春が身を横たえているのは見えた。

千春は眠っているようだった。規則正しい寝息が聞こえた。

英太郎は千春の布団の脇にそっと蹲《うずくま》り、暗がりにぼんやりと浮かんでいるその寝顔をじっと見つめた。

見つめ続けていると、急に千春が微笑んだ。

目を覚ました？

いや、そうではなく、夢を見ているらしかった。瞼《まぶた》の向こうで眼球が盛んに動いているのがわかった。

そう。おそらく、千春は『イセキ』という男の夢を見ているのだ。この笑顔はあの男に向けられたものなのだ。

殺そう。殺してしまおう。

そう思った英太郎は、たっぷりと肉のついた千春の白い首にゆっくりと手を伸ばした。実の娘の姿を覗《のぞ》き見し続けた画家がしたように、千春の首を絞めて殺してしまうつもりだった。

かつての英太郎は、人を殺すことなど考えたこともなかった。けれど、あの取調室で何十人という数の殺人者の話に耳を傾けているうちに、『人を殺す』ということが、それほど異常なことではないように思えてきたのかもしれなかった。

殺人は悪だと、今も頭ではわかっていた。けれど、夫に隠れて密通しているような女は、殺されてもいいような気がしていた。

殺すのか？　本当に……殺す気なのか？

千春の首に両手を伸ばしたまま、英太郎は自問した。心臓が息苦しいほどに激しく脈打っていた。

その瞬間、また千春が微笑んだ。ふっくらとした唇のあいだから白い歯が覗いた。

「イセキくん……」

千春の口から声が漏れた。

殺そう。殺そう。殺してしまおう。

そう決意した英太郎は、千春の首に手をかけようとした。

だが、次の瞬間、ハッとなってその手を引っ込めた。

しっかりしろ、英太郎。殺しなんてしたら、人生は終わりだぞ。

英太郎は自分に言い聞かせ、勢いよく立ち上がった。そして、もう何も考えずに客間を出て、二階の寝室へと向かった。

危なかった。殺人者になってしまうところだった。

喘《あえ》ぐように呼吸をしながら英太郎は思った。今も心臓がバクバクとしていた。掌《てのひら》は噴き出した脂汗でぬるぬるになっていた。

17

翌日の英太郎は夜勤だったから、自宅には戻らないことになっていた。

俺の留守を見計らって、今夜もあの男が来るかもしれない。

署での英太郎はそう思って、ろくに仕事をせずスマートフォンばかり眺めていた。

英太郎の勘は的中した。その晩、午後九時をまわった頃に、千春が『イセキくん』と呼んでいるあの男がやって来たのだ。

前日と同じように、ふたりは玄関で抱き合い、激しく唇を貪《むさぼ》りあった。その後は前日と同じように二階の寝室にふたりで姿を現し、全裸になって獣のように淫《みだ》らに交わった。

『あっ、ダメっ！　イセキくんっ！　そこ、いやっ！　あっ、感じるっ！　感じるーっ！』

耳に押し込んだワイヤレスイヤフォンが、喘ぎ悶《もだ》える千春の声を、英太郎に実に生々しく伝えて来た。

今夜の男は射精の直前に男性器を引き抜き、ふたりの分泌液に塗《まみ》れた巨大なそれを千春の口に深々と押し込み、前日と同じように、千春に体液を嚥下《えんか》させていた。

千春は口の中の精液を飲み下したあとで、再び男の性器に唇を寄せ、舌を出してそれをペロペロと舐《な》めまわしていた。

「畜生っ……畜生っ……畜生っ……」

英太郎は歯軋りをした。

千春の浮気相手に土下座を強いられ、その頭を泥だらけの足裏で踏みつけられているような気がしたのだ。

そう。その男は完全に勝者だった。そして、英太郎は泥にまみれた、惨めで哀れな敗北者だった。


性行為を終えたふたりは、前日と同じように全裸のままベッドに並んで身を横たえ、時折、長く濃密なキスを繰り返しながら話をしていた。

男から『旦那《だんな》さん、刑事なんでしょう？　どんな人なの？』と訊《き》かれた千春の口からは、堰《せき》を切ったように英太郎の悪口が次々と飛び出した。

『人間としては最低ね。あんな卑劣な男、見たことがないわ』

千春が言い、英太郎は「何だと？」という言葉を口にした。そして、目を吊《つ》り上げ、拳《こぶし》を握り締め、奥歯をギリギリと嚙《か》み締めた。

『そんなにひどいやつなんだ？』

『ひどいわよ。すごく傲慢《ごうまん》で、いつもほかの人を見下しているのよ。それに、独善的だし、嫉妬《しっと》深いし、それに……そうだ。支配欲も強いし、見栄っ張りだし……とにかく、徹底的に嫌なやつなの。そんなひどいやつなのに、いつも自分こそが正義の味方ですっていう顔をしているのよ』

『へえ。そうなんだ？　最低最悪だね？』

『そうよ。最低最悪の男よ。おまけにあいつ、ナルシストなのよ』

『旦那さん、ナルシストなの？』

男が目を細めて楽しげに笑った。『千春さん、旦那さんがナルシストだって、どうしてわかるの？』

『そばにいれば、誰だってわかるわよ。あの男、鏡が大好きで、いつも自分を見ているの。特に自分の裸を見るのが好きみたいね。わたしには隠しているけど、男のくせに、あいつ、全身脱毛をしてるのよ』

千春のその言葉は英太郎を驚かせた。千春に脱毛のことを知られているとは、今の今まで思ってもいなかったのだ。

『自分がすごく好きな人なんだね』

『そうなの。あいつ、自分がものすごく好きなの。自己愛が強すぎるのよ』

『そんな人と一緒に暮らすのは辛《つら》いね』

千春の髪を撫《な》でながら、男がまた楽しげに笑った。

『辛いわよ。もう我慢の限界。あいつ、ものすごく嫉妬深いから、もし、このことを知ったら、わたしたちを殺しに来るかもね』

『まさか……だって、警察官なんでしょ？　人殺しなんてできるかな？』

『やるわよ。あいつなら、やりかねないわ』

笑いながら千春が言い、英太郎は勢いよく椅子から立ち上がった。

こっちのほうこそ、我慢の限界だった。ここまでコケにされて、黙っているわけにはいかなかった。

18

署を飛び出した英太郎は、警察署のすぐ前で拾ったタクシーに乗って自宅へと向かった。

なぜ、電車で帰らず、タクシーに乗ったのかは、英太郎にもよくわからなかった。気がついたら、車道に身を乗り出してタクシーを止めていたのだ。

タクシーの中でも英太郎は、隠しカメラから送られてくる映像を見つめ続けていた。

最初の性行為を終えたふたりはベッドから出ると、全裸のまま寝室のソファに並んで座り、スナック菓子を食べながら外国製の瓶ビールを飲んでいた。

そう。冷蔵庫にあった瓶ビールは、千春があの男のために買ったものだったのだ。

英太郎が夜勤なのをいいことに、男は今夜、泊まっていくようだった。寝室にはムードミュージックのようなものが、かなりの音量で流れていた。

『わたし、あしたにでもあいつに離婚を切り出すわ。あいつ、すごく驚くだろうけど、離婚に応じてくれるような気がしているの』

瓶ビールをじかに飲んでから千春が言った。唇から滴ったビールの雫《しずく》が、剝《む》き出しの豊かな乳房に滴り落ちるのが見えた。千春は英太郎に見せたことがないような、とても嬉《うれ》しそうな顔をしていた。

『ねえ、千春さん。離婚が成立したら、お腹が大きくなる前にふたりで旅行に行こうよ』

嬉しそうな顔をして男が言った。今夜も何十回となく千春の中に突き入れられた男の性器は、今は力を失い、その股間《こかん》でぐんにゃりとしていた。

『旅行？　どこにいくの？』

『そうだな……近いところで、グアム島かサイパン島はどうかな？　千春さんがビキニを着ているところを見てみたいんだ』

『いいわね。すごく楽しみ。わたし、可愛いビキニを買うわ』

そう言うと、千春が男の肩にもたれかかり、うっとりとした顔をして目を閉じた。

自宅の門の前でタクシーを降りると、英太郎は玄関ポーチに立ってまたスマートフォンを見つめた。

五分ほど前から、ふたりは今夜、二度目のセックスを始めていた。

男はベッドにではなく、寝室に敷かれた白い毛皮の敷物の上で千春に四つん這《ば》いの姿勢を取らせた。そして、自分は千春の背後に跪《ひざまず》き、たっぷりと肉のついた千春の白い尻《しり》を両手で鷲摑《わしづか》みにして、黒々とした太い男性器を背後から千春に突き入れ、何度も繰り返し腰を前後に打ち振った。

『あっ、いやっ！　イセキくん、ダメっ！　感じるっ！　あっ！　あっ！　感じるーっ！』

毛皮の上に両肘《りょうひじ》を突き、太い脚を左右に大きく広げ、尻を突き出し、千春は髪を振り乱して激しく喘いでいた。

千春の胸の下側では乳牛のように豊かな乳房が、ゆさゆさと前後に激しく揺れていた。男は腰を打ち振り続けながら、時折、千春の尻から手を離し、手に余るほど豊かなその乳房を両手で揉《も》みしだいていた。

「お前ら……地獄に送り届けてやる……」

英太郎は小声でそう呟《つぶや》いた。整ったその顔は、怒りに歪《ゆが》んで鬼のように変わっていた。

ポケットから鍵《かぎ》を取り出した英太郎は、音がしないように静かにドアを引き開けた。

その瞬間、家の中に響き渡るような千春の大声が耳に入ってきた。

『ああっ、イセキくんっ！　あっ！　あっ！　いやっ！　ダメっ！　ああっ、感じるーっ！』

じかに聞く千春の声は、集音マイクを通したものより遥《はる》かに淫らで、遥かにあさましく、遥かに生々しかった。

英太郎は玄関のたたきに靴を乱暴に脱ぎ捨てた。そして、ワイヤレスイヤフォンとスマートフォンをスーツのポケットに戻し、息を殺し、足音を忍ばせ、二階の寝室へと向かって歩いた。

階段を上っている途中で、いつも通勤に使っている黒革製のバッグに右手を入れ、そこにちゃんと拳銃《けんじゅう》があることを確かめた。

その拳銃はついさっき、署の地下にある押収品の保管室にこっそりと忍び込み、そこから無断で持ち出したものだった。

ふだんの職務中には、刑事は拳銃を所持することが認められていない。だが、特別に危険な任務に臨む時などには、上司の許可を得た上で刑事も拳銃を携えることができることになっていた。

今はもちろん、上司の許可はなかった。けれど、英太郎にとって、これは『特別な任務』にほかならなかった。そして、その『特別な任務』では、この拳銃が不可欠だった。

寝室に近づくにつれて、千春の声はどんどんと大きくなっていった。

『あっ、すごいっ！　すごく感じるっ！　あっ！　すごいっ！　すごいっ！　あああーっ！』

寝室のドアの前に立った英太郎はバッグの中に右手を入れて、ずっしりとした回転式の拳銃を取り出した。そして、拳銃のセーフティを外し、いつの間にかひどく汗ばんでいた手でそれを強く握り締め、大きくひとつ深呼吸をしてから寝室のドアを静かに引き開けた。

19

ドアの向こうでは今も、四つん這いの姿勢をとった千春に、男が背後から荒々しく男性器を突き入れ続けていた。

ふたりの顔はどちらもドアのほうを向いていた。だが、顔を真っ赤に染め、髪を振り乱して喘《あえ》ぎ続けている千春は、ドアを開けた英太郎に気づかなかった。けれど、男のほうはすぐに気づき、びっくりした顔をして腰を振るのをやめた。

その男の顔に英太郎は銃口を向けた。

「あああっ……やめろ……撃つな……」

とっさに男が立ち上がり、ふらふらと何歩か後退《あとず》さった。その股間では千春の分泌液にまみれた男性器が、ほとんど真上を向いてそそり立っていた。

次の瞬間、千春も英太郎に気づいた。

「そこで……何をしてるの？」

四つん這いのまま英太郎を見上げた千春が言った。顎《あご》の先から唾液《だえき》が滴り落ちるのが見えた。

英太郎は無言のまま、男に銃口を向け続けた。

「撃つな……あわわわっ……撃つな……撃たないでくれ……」

後退さりを続けながら、男が声を震わせて訴えた。真上を向いていた男性器が、早くも下を向き始めていた。

「やめてっ！　イセキくんを撃つなら、わたしを先に撃ってっ！」

体を起こした千春が、挑むかのように英太郎を見つめて言った。充血したその目には、強い怒りと憎しみが満ちていた。

「ああ。望み通りにしてやる」

怒りに声を震わせてそう言うと、英太郎は男に向けていた銃口を、床に尻を突いてぺたんと座っている千春の顔に向けた。

「撃てるものなら、撃てばいい。もし、撃ったら、あんたの人生は終わりよ。それでいいなら、撃ちなさい」

吐き捨てるかのような口調で千春が言った。

「撃てるさ……撃ってやる……いいな、千春……覚悟しろ……」

千春にゆっくりと歩み寄りながら、英太郎は拳銃の引き金にかけた指に力を入れた。けれど、撃てるかどうかは、英太郎自身にもわからなかった。脚が猛烈に震えていた。腕も同じように震えていた。

定期的に義務付けられている射撃練習では、英太郎はいつも拳銃を撃っていた。だが、これまで実際に人間を撃ったことは一度もなかった。

「撃つぞ……撃つぞ……本当に撃つぞ……」

呻《うめ》くかのように英太郎が繰り返したその瞬間、急に男が動いた。意味をなさない声を漏らしながら壁際を走った。

とっさに英太郎はその男に銃口を向けた。そして、獲物を仕留めようとする猟師のように、ほとんど無意識のうちに引き金を引いた。

凄《すさ》まじいまでの銃声が部屋の中に響き渡った。

銃口から飛び出した弾丸は一瞬にして男のこめかみの付近を貫き、脳内を貫通して壁に撃ち込まれた。飛び散った大量の血液が、白い壁を真っ赤に染めた。

20

頭を撃ち抜かれた男が、大きな音を立てて壁際にばったりと倒れた。剝《む》き出しの腕や脚が、ひくひくと痙攣《けいれん》を繰り返していた。

「いやーっ！　いやーっ！　あああああああーっ！」

千春が両手で自分の顔を押さえ、凄まじいまでの悲鳴をあげた。

直後に、千春は立ち上がり、「イセキくんっ！」と叫びながら部屋の片隅に横たわっている全裸の男に駆け寄った。そして、「イセキくんっ！　死なないでっ！　イセキくんっ！　イセキくんっ！」と叫ぶように繰り返しながら、手足を痙攣させている男の体を激しく揺すった。

だが、もちろん、頭を撃ち抜かれた男が反応を示すことはなかった。

「どうして撃ったのっ！　どうしてなのっ！」

顔をあげた千春が、怒りと悲しみとがないまぜになった顔をして英太郎を見つめた。

その目からは大粒の涙が流れ落ちていた。

そんな千春の顔を、英太郎は茫然《ぼうぜん》となって見つめた。

ああっ、何てことをしたんだ……俺は岩間裕也と同じことをしてしまったんだ……取り返しのつかないことをしてしまったんだ……。

拳銃を握り締めたまま英太郎は思った。脚が猛烈に震え、立っているのが難しかった。いや、脚だけでなく、今では全身がガタガタと激しく震えていた。

これで終わりだった。きょうまで注意深く積み上げてきたもののすべてが、この一瞬で崩れ落ちてしまったのだ。

「ああっ、千春……殺すつもりはなかったんだ……撃つつもりなんてなかったんだ……悪いのは俺じゃない……悪いのは……悪いのはお前と、その男なんだ……」

唇をわななかせて英太郎は言った。正義の使者として悪に立ち向かってきた自分が、今度は悪人として囚《とら》われるのだ。そんなことは受け入れられなかった。

千春は言葉を発しなかった。頭から血を流している男に寄り添うようにしゃがみ込み、涙をとめどなく溢《あふ》れさせせながら英太郎を見つめているだけだった。

「ああっ、千春……どうしよう……どうしよう……教えてくれよ、千春……俺は……俺はどうしたらいいんだ？」

呻くように英太郎はそう口にした。その手には今も拳銃が握られていた。

次の瞬間、千春が勢いよく立ち上がり、寝室のドアへと向かって走り始めた。その直後に、階段を駆け下りて行くようなけたたましい足音が聞こえた。

英太郎は千春のあとを追わなかった。

終わりだ……終わりだ……終わりだ……何もかもが、これで終わりだ……。

そんな考えが、頭の中をぐるぐるとまわった。

やがて、呆然《ぼうぜん》と立ち尽くしていた英太郎の耳が、緊急車両のサイレンらしき微《かす》かな音を聞き取った。

その音は少しずつ、少しずつ大きくなっていた。どうやら、千春が警察に通報したようだった。

そう。間もなく、この家に制服姿の警察官たちが踏み込んでくるのだ。英太郎と同じ警視庁に勤務する警察官たちが英太郎に向かって大声で、『拳銃《けんじゅう》を捨てろ』『両手を上げてそこから出て来い』と命令するのだ。『抵抗すれば、射殺する』と告げるのだ。

その時、殺人者になってしまった英太郎にできるのは、その命令に従い、拳銃を床に落とし、両手を頭上に掲げてここから出て行くことしかないはずだった。

すぐに警察官たちは英太郎に手錠をかけるだろう。そして、パトカーの後部座席に英太郎を乱暴に押し込み、警察署へと連行するのだろう。

この俺が逮捕される？　殺人者として裁かれる？

受け入れがたいことではあったが、そうなることは間違いなかった。

そうなった時には、全国のニュースが大々的にこの事件を報じるのだろう。スポーツクラブの若いインストラクターに妻を寝取られた間抜けな刑事が、嫉妬《しっと》に狂ってインストラクターを射殺したことを、日本中の人々が知ることになるのだろう。

「終わりだ……これで終わりだ……」

サイレンの音がどんどん近づいてくるのを聞きながら、英太郎は今度は口に出して力なく呟《つぶや》いた。

生きていても、恥を晒《さら》すだけだった。世間の笑い者になるだけだった。だとしたら、英太郎にできることは、もはやたったひとつしかなかった。たったひとつしかないと、英太郎は思い込んだ。

英太郎は右手に握り締めていた拳銃の銃口を、ゆっくりと自分の右のこめかみに押し当てた。

怖かった。怖くて、怖くて、たまらなかった。けれど、どう考えても、ほかに選択肢はなかった。

サイレンの音はさらに大きくなり、やがてこの家のすぐ前で停止した。

「どうしてなんだ？　どうして……どうして……どうして……」

英太郎は呻くように繰り返した。口からよだれが溢れ出て、たらたらと床に滴り落ちた。

「父さん、ごめん……さようなら……」

震えながら英太郎は呟いた。そして、もう何も考えずに引き金を引いた。

21

銃弾が頭を貫いたのだから、俺は即死したはずだった。

それにもかかわらず、俺は見ていた。見慣れた寝室の片隅で頭から血を流して横たわっている全裸の若い男と、部屋の中央付近で仰向《あおむ》けに倒れているスーツ姿の俺の姿を真上から見下ろしていた。

床に倒れている俺の頭からも多量の血が流れ出ていて、床に敷かれた白い毛皮を真っ赤に染めていた。あんなにもハンサムだった俺の顔は、苦痛のためにひどく歪《ゆが》んでいた。俺の右手には、回転式の拳銃が今も握られていた。

俺はどこにいるんだ？　どうして俺の姿が見えているんだ？

どうやら、天井の付近から見下ろしているようだったが、肉体を有しているわけではないようだった。その証拠に、俺は自分の顔に触れることができなかった。体に触れることもできなかった。

俺はやっぱり死んだのか？　死んで霊魂になっているのか？

信じがたいことだったが、そう考えるしかないようだった。

すぐに制服姿の数人の警察官が、拳銃を握り締めて室内に踏み込んできた。男たちは素早く室内を見まわし、ひとりがスポーツクラブのインストラクターに駆け寄り、別のひとりが仰向けに倒れている俺に駆け寄った。

「心肺停止」

インストラクターの脇に蹲《うずくま》った警察官が部屋のドアのところにいた、少し年配の警察官に言った。

「こちらも心肺停止」

俺の心音や呼吸を確認していた警察官が、やはりドアのところに立っている年配の警察官に言った。

やがてドアの脇に立つ警察官の背後から、怯《おび》えた顔をした千春がおずおずと姿を現した。

千春の細い目からは、今も大粒の涙が溢れ続けていた。だが、その涙は俺のために流れているのではなく、浮気相手のインストラクターのための涙に違いなかった。

「千春っ！　千春っ！」

俺は大声で千春を呼んだ。

その声が耳に届いたのだろうか。千春がゆっくりと顔を上げて、天井付近をぼんやりと見つめた。

けれど、俺たちの視線が交わることはなかった。

そう。千春には俺の姿が見えていないのだ。

俺はオヤジの顔を思い浮かべた。

そうなのだ。俺はオヤジの顔に泥を塗ってしまったのだ。真面目に、誠実に生きてきたオヤジを……悪いことなど、何ひとつしなかったあのオヤジを、世間の笑い者にしてしまうのだ。

そんなことを考えていると、急に室内にいる千春や警察官たちが見えなくなった。

次に俺の目に飛び込んできたのは、家の屋根だった。どうやら、俺の家のようだった。

俺の家はどんどん、どんどん小さくなり、すぐに近所の家々の屋根が見下ろせるようになった。やがて、それもどんどん、どんどん、小さくなり、やがて、俺が暮らしていた住宅街全体を見下ろす形になった。

そう。俺の体は……いや、霊魂だけになったらしい俺は、どんどん、どんどん、上昇しているのだ。

どこにいくのだろう？　天国だろうか？　それとも、別のどこかなのだろうか？

ああっ、どうしてこんなことになってしまったのだろう？　何ひとつヘマをせず、しっかりと生きてきたはずなのに……俺は幸せになる方法を、誰よりもよく知っていたはずなのに……俺は人生の『勝ち組』だったはずなのに……それなのに……それなのに……

……いったい、俺はどこで、何を間違えてしまったのだろう？

ああっ、誰か……誰か、助けてくれ。

とっさに俺は、これまで俺に恩義のあるはずの人間を思い浮かべようとした。

けれど、そんな人間の顔は、ひとりも思い浮かばなかった。

そして、俺は今、急に気づいた。これまでの人生で、自分がいかに多くの人々を踏みつけにしてきたのかということを……味方だというフリをして、いかに多くの人々を裏切ってきたのかということを……人の役に立ちたいと言いながら、俺が考えていたのは、この俺のことだけだったのだということを……。

地獄だな。俺の行き先は……たぶん地獄だ。

どこかに向かって果てしなく上昇を続けながら、俺はそれを覚悟した。

あとがき

幼い頃、僕は自分が将来、犯罪者になるのだろうと思っていた。いつか、とても重い罪を犯して逮捕され、裁判で裁かれ、長い時間を牢獄《ろうごく》ですごすことになるのだろう、と。死刑になることがあるかもしれないとさえ思っていた。

幼い僕がなぜ、そんなふうに考えていたのかは、今の僕にはよくわからない。だが、おそらく、生まれてまだ何年かしか経っていないあの頃でさえ、自分の中に何かとても忌まわしくて、とても邪悪な生き物が棲《す》みついていることを感じ取っていたのだろう。

自分が幸せになれるとは、まったく思っていなかった。それどころか、普通の人々のように平凡に暮らすことさえ難しいだろうと考えていた。

その予感が完全に的中したわけではないけれど、二十代の半ばすぎまで、僕は社会の底辺を這《は》いずりまわるようにして生きてきた。そして、人生の分岐点に立ったびに、間違った道ばかりを選んでいた。

失敗に次ぐ、失敗。失敗。失敗。そして、また失敗。

それまでの僕の人生は失敗の連続だった。

どうでもいいや。どうせ僕の人生だ。

あの頃の僕はいつも自暴自棄な気分で、そんなことばかり考えていた。けれど、ある日、突如として奇跡が起きた。僕の前に彼女が現れ、これからの人生を一緒に生きてくれると告げたのだ。

それが最初の奇跡だった。

それからの僕は、もう道を間違えることはなくなった。分岐点に来るたびに、彼女が正しい方向を示してくれるからだ。

彼女が指し示す方向は、僕が向かいたいと思っている方向とは、たいていはまったく違っていた。それでも、僕は彼女を信じ、その指示に従った。

そして、僕のもとには次から次へと奇跡が訪れた。最初の奇跡が、次の奇跡を呼び込み、その奇跡がまた次の奇跡を連れてくるのだ。

そんなふうにして、僕は信じられないほどの幸福を手に入れ、今もその幸福に囲まれて生きている。

この短編集の冒頭の作品『夏の章』の下村秀一の物語は、僕のその体験に基づいて書いたものである。

『この世の富と幸福は、とてつもなく偏って分配されている』

ことあるごとに、僕はそう書いてきた。心の底からそう感じているからだ。

残念なことに、僕に分配された富は微々たるものだった。きっとこれからも、たいした富を手にすることはないのだろう。

けれど、幸福に関して言えば、子供の頃には想像すらできなかったほどのものを、僕は手にすることができた。

すべてが彼女のおかげである。

それでも、この幸福の時間にも、いつか必ず終わりの時が来る。

それはわかっている。その時のことを想像すると、怖くて叫びたくなる。

だからこそ、僕は今、この幸福をしっかりと噛《か》み締めようとしている。

大丈夫。幸福は今も、僕のこの手の中にある。

今、全世界で新型コロナウイルスによる感染症が、凄《すさ》まじいまでの猛威を振るっている。きょうのニュースでは全世界の感染者が八百万人を超え、犠牲者が四十五万人に迫っていると報じられていた。

あしたのことがわからず、今は誰もが暗がりの中を、手探りでそろりそろりと歩いている。こんなフィクションのような出来事が、現実世界で本当に起きるとは、半年前には誰ひとり予想もしなかったはずだ。

ああっ、これから世界はどうなってしまうのだろう。この本が刊行される八月には、どんなことが起きているのだろう。

無力な僕にできるのは、自分が感染しないように気をつけながら、一日も早い終息を願うことだけだ。

みなさま、どうか生き延びてください。


『冬の章』で冬美が作った料理は、わが家のキッチンの本棚に並んでいた「クイーン・アリスの永久保存レシピ」（世界文化社）を参考にした。著者の石鍋裕氏に感謝する。

最後になってしまったが、この場を借りて担当編集者の耒礼美子氏に感謝する。僕の娘と言ってもおかしくない年齢の彼女には、構想の段階からたくさんのアドバイスと励ましをいただいた。

耒さん、ありがとうございました。必死に書き続けますので、これからもよろしくお願いいたします。

二〇二〇年六月　真夏日の午後に

大石　圭

本書は角川ホラー文庫のための書き下ろしです。
また、本書はフィクションであり、実在の人物や団体、地域とは一切関係ありません。

死体《したい》でも愛《あい》してる
大石《おおいし》 圭《けい》

角川ホラー文庫　22303

令和2年8月25日　初版発行
令和6年2月5日　再版発行

発行者――山下直久
発　行――株式会社KADOKAWA
〒102-8177　東京都千代田区富士見2-13-3
電話 0570-002-301（ナビダイヤル）
印刷所――株式会社KADOKAWA
製本所――株式会社KADOKAWA
装幀者――田島照久

ISBN978-4-04-109873-8　C0193

角川文庫発刊に際して

角川源義

第二次世界大戦の敗北は、軍事力の敗北であった以上に、私たちの若い文化力の敗退であった。私たちの文化が戦争に対して如何に無力であり、単なるあだ花に過ぎなかったかを、私たちは身を以て体験し痛感した。西洋近代文化の摂取にとって、明治以後八十年の歳月は決して短かすぎたとは言えない。にもかかわらず、近代文化の伝統を確立し、自由な批判と柔軟な良識に富む文化層として自らを形成することに私たちは失敗して来た。そしてこれは、各層への文化の普及滲透を任務とする出版人の責任でもあった。

一九四五年以来、私たちは再び振出しに戻り、第一歩から踏み出すことを余儀なくされた。これは大きな不幸ではあるが、反面、これまでの混沌・未熟・歪曲の中にあった我が国の文化に秩序と確たる基礎を齎らすためには絶好の機会でもある。角川書店は、このような祖国の文化的危機にあたり、微力をも顧みず再建の礎石たるべき抱負と決意とをもって出発したが、ここに創立以来の念願を果すべく角川文庫を発刊する。これまで刊行されたあらゆる全集叢書文庫類の長所と短所とを検討し、古今東西の不朽の典籍を、良心的編集のもとに、廉価に、そして書架にふさわしい美本として、多くのひとびとに提供しようとする。しかし私たちは徒らに百科全書的な知識のジレッタントを作ることを目的とせず、あくまで祖国の文化に秩序と再建への道を示し、この文庫を角川書店の栄ある事業として、今後永久に継続発展せしめ、学芸と教養との殿堂として大成せんことを期したい。多くの読書子の愛情ある忠言と支持とによって、この希望と抱負とを完遂せしめられんことを願う。

一九四九年五月三日